보통의

언어들

나를 숨 쉬게 하는

보통의
언어들

김이나 지음

위즈덤하우스

나의 언어는
어떤 체취를 남길까

맨 처음 머리말을 썼을 때 느꼈던 막연한 두려움 그리고 설렘과는 다른 마음으로 새 인사를 씁니다. 지금도 단어들은 같은 듯 다른 온도와 의미로 우리들 사이를 오가고 있겠지요?

이 책을 쓰던 몇 년 전만 해도 모든 단어가 모두에게 같은 형태로 쓰인다면 세상이 조금 더 나아질지도 모른다는 상상을 했습니다. 오해와 곡해가 없는 무결한 소통의 세상을 생각했죠. 그러나 최근엔, 언어는 체취와 같아서 그것이 애초에 불가능하다는 생각을 합니다. 게다가 그런 세상이 가능하다면 조금 기괴하고 지루한 세상이 되겠다는 생각도 듭니다.

언어는 살아가는 날들과 환경에 따라 민감하게 변하기도 하고, 나의 다짐, 기대, 성숙함, 비좁음, 어리석음만큼 다르게 쓰이고 해석되며 자라납니다. 그래서 '말이 통하는' 누군가를 만나면 짜릿함이 있고, 안 통하는 누군가와는 그토록 힘든 것일 테지요. 또 언어의 차이는 오해를 낳기도 하지만, 어떤 오해는 피었다 지어버린 자리가 아무것도 없던 자리보다 아름답게 남겨지기도 합니다. 언어에는 생명력이 있으니, 그 자체의 특성을 점점 존중하게 됩니다.

나의 언어가 나이 들어가며 고약한 체취로 변해가지 않길 바라지만, 마냥 어디에서나 향기롭기만을 바라지도 않는 것 같습니다. 다만 내가 사랑하는 이들의 언어와 적당히 어울릴 수 있는, 너무 튀지도 묻히지도 않는 정도면 좋겠습니다. '적당히'가 제일 어렵다는 말은 살아갈수록 모든 면에서 진리인가 봅니다.

이 책이 당신과 당신이 사랑하는 사람들의 언어와 마음을 알아가는 데 작은 도움이 되면 좋겠습니다.

2023년 9월
작사가 김이나

당신만의 언어를,
당신만의 세계를 바라보는 일

〈컨택트〉라는 영화에서 인간보다 고등한 외계인들의 언어는 파동에 가까운 형태를 띤다. 결국 이들이 인간에게 건네준 것은 그들의 언어, 아니 소통이었다. 이 메시지는 여전히 나에게 깊은 울림으로 남아 있다. 감정이 원형 그대로 전달될 수 있으려면, 글자로는 절대적으로 부족하고 때로는 불가능하다. 인간은 같은 언어를 서로 미세하게 다르게 사용하기 때문이다.

언어가 없던 때 우리가 느낄 수 있었던 감정은 지금보다 덜 세밀했을지 모른다. 그러나 그때 인간의 감정은 훨씬 개인 고유의 것이 아니었을까. 우리는 감정을 표현함으로써 소통한다고 생각하지만, 사실은 우리가 느끼는 감정에 가장 가까운 언어를 골라서 소통하고 있다. 수의 법칙을 이해하기 전에 구구단을 멜로디로 외운 다음 법칙을 이해하듯, 우리는 어느새 너무 당연해진 언어를 통해 관성적으로 대화하고, 사고한다. 혼자 생각하는 시간을 가질 때조차, 우리는 정해진 언어 속에 갇혀서 할 수밖에 없다. 언어를 통해 세상을 보고, 언어를 통해 누군가를 이해하고 나의 마음을 전달하지만 정작 언어를 자세히 들여다보는 것에는 소홀하니, 마음이 통하는 대화라는 것은 그토록 귀하다.

인간의 언어는 파동이 아닌 글자로 존재하기에, 같은 말을 하더라도 다른 감정이 전달되기도 하고 곡해되기도 한다. 이는 타인만이 아닌 스스로에게도 적용된다. 내가 어떤 말을 습관적으로 하는지, 어떤 표현을 어떤 상황에 반복적으로 사용하는지는 내 삶의 질과 삶을 대하는 태도에 큰 영향을 끼친다. 감정이 언어라는 액자 안에서만 보관되고 전달된다면, 나는 이 액자에 관해 이야기를 나누고 싶었다. 어떤 '내용'을 이야기하는 것보다 액자를 공유하는 것이 진짜 스스로를 들여다보고 서로를 바라볼 수 있는 길이라 생각하기에.

이 책이 당신과 당신의 소중한 사람들 사이의 대화에 좀 더 견고한 다리를 놓는 데 도움이 되길 바란다. 그리고 Radio record 파트에는 〈김이나의 밤편지〉 오프닝 글을 담당했던 이샛별 작가의 글도 일부 담겨 있다. 마지막으로 특별한 고마움을 전한다.

작사가 김이나

Contents

Part 01 관계의 언어

"주파수가 맞으려면 박자를 맞춰가야 해"

아픈 이별로 여전히 힘들어하고 있다면

Part 02 감정의 언어

"감정, 누르지 않고 자연스레 곁에 두기"

Part 03 자존감의 언어

"약해졌을 때는 잠깐 쉬었다 갈 것"

관계의 언어

주파수가 맞으면 박자를 맞춰가 왜

웨이브라는 의미에는 파동이라는 뜻도 있잖아요.
'만물이 존재하고 있는 그 형태가 쪼개어 들어가보
면 물질이기도 하고 파동이기도 하다'라는 것이 과
학에 대해서 굉장히 지식이 없는 저에게 너무 흥미
로웠어요. "아, 우리의 존재라는 것이 어쩌면 파동
이겠구나!" 그래서 누군가가 누군가와 통한다는 것
을 "쟤랑 나랑은 코드가 맞아, 주파수가 맞아" 이렇
게 이야기하잖아요. 관계라는 것은 파동의 만남이
고 그 파동이 서로 박자를 맞추어가는 것이, 우리가
한 사람과 긴 길을 오랫동안 걷고 싶어 하는 것과
같은 그런 모양새 아닐까? 이런 생각이 들었어요.

좋아한다. 사랑한다

상대방을 향한 내 감정의 속성

분명한 경계선이 없어 혼돈스러운 감정들이 있다. 좋아하는 마음과 사랑하는 마음이 그렇다. 좋아하는 마음에 확실히 매듭이 지어져서 결단코 사랑이 아닌 경우도 많겠지만, 대개의 사랑은 '좋아함'에서 싹트므로 그렇게 방심할 만한 문제는 아니다.

사랑하는 게 좋아하는 것의 상위감정이라고 믿어왔지만, 언젠가부터 나는 이 두 감정이 각기 다르게 소중하게 느껴졌다. 더 솔직히 말하면 '좋아한다'는 감정이 더 반갑다. 좋아하는 마음이 사랑인지 알 수 있는 방법은 많다. 좋아하거나 사랑하거나 만나면 반가운 건 마찬가지다. 그러나 헤어져 있는 어느 때 못 견디게 보고 싶다면, 사랑일 확률이 높다.

연인 사이에 사랑의 속성 중 하나는 '그리움'이다. 그리움이라는 건

빈 곳이 느껴진다는 것, 다시 말해 이곳이 당신으로 채워지길 바라는 마음이다. 사람은 소유할 수 없다지만, 어쩔 수 없이 소유하고 싶어지는 얄궂은 마음이 사랑이다.

'좋아한다'는 감정은 반대로 조건이 없다. 혼자서 사랑하는 사람을 바라보면 마음 한편이 시큰해지기도 하지만, 좋아하는 사람은 그런 게 없다. 해가 좋은 날 널려진 빨래가 된 것처럼 뽀송뽀송 유쾌한 기분만 줄 수 있는 건 '좋아하는 사람'이다.

사랑하는 사람은 (카사노바가 아니라면) 유일무이하지만 좋아하는 사람은 다수일 수 있다. 아마도 이 차이가 '좋아하는 마음'이 '사랑하는 마음'보다 덜 특별하다는 오해의 원천일 수 있겠다.

내가 '좋다'는 마음을 귀하게 보는 데는 이 감정이 가진 실시간성과 일상적임에 있다. 우리가 '좋다'는 말을 언제 하는지 떠올려보면 실시간성이라는 말이 무언지 이해가 갈 것이다. 친구랑 공원에 앉아 기분 좋은 바람을 맞을 때, 마음에 쏙 드는 카페에 앉아 수다를 떨다 문득 뱉게 되는 말.

'좋다!'

사랑하는 마음은 나를 붕 뜨게 하기도, 한없이 추락하게 하기도 하는 역동성을 띤 반면 좋아하는 마음은 온몸과 마음의 긴장을 풀리게 해주는 안정성이 있다.

사랑하는 마음과 좋아하는 마음에 부등호를 붙일 생각은 없다. 이 둘은 맞닿아 있는 듯 완벽하게 다른 세계를 빚어내는 감정이며 그저 '좋아한다'는 마음이 얼마나 우리 삶을 윤택하게 만드는지 잊지 않길 바랄 뿐이다.

실망

우린 모두 불완전한 인간

"우리는 서로를 실망시키는 데 두려움이 없는 사이가 됐으면 좋겠
어요."

라디오를 막 시작했을 즈음 무심결에 했던 말이다. 이샛별 작가가 이
말이 마음에 남았는지 라디오 프로그램 SNS 계정에 글귀로 남겼는데,
내가 앞으로 청취자들과 꽤나 깊은 관계가 되고 싶어 하는 욕심이 적
나라하게 드러난 말이라 스스로도 깜짝 놀랐다. 나는, 아니 우리는 모
두, 사회성이란 것을 갖추게 되었고 그것은 아주 가깝지 않은 누군가
에게 '달'처럼 존재할 줄 아는 능력을 포함한다. 상대가 불편하지 않을
만큼의 단면을 보여줄 줄 안다는 말이다. 한 끗 차이로 예의, 사교성,
가식을 넘나드는 기술이겠다. 나는 밖으로 비춰지는 모습으로는 상당
히 외향적이고 친화력이 좋다. 그래서 안다. 한눈에 그래 보이는 사람

이 오히려 대인관계가 살얼음판 위를 걷는 것만큼 어려울 거란 사실을. 그런 이들은 불편하거나 어색한 공기를 견디지 못해 초면에 오히려 광대를 자처하기 때문이다.

　나는 '사람은 완벽하지 않다'는 말은 완벽히 상대적인 말이라고 생각한다. 모든 관계를 단절하고 나 하나만 놓고 보자면, 나는 완벽하다. 잘난 부분 딱 그만큼의 못난 부분을 갖춘, 완벽한 밸런스를 갖춘 사람이다. 비틀어진 부분이 있고, 그래서 나오는 독특한 시각과 표현력이 있다. 모나게 튀어나온 못된 심술도 있고, 그 반대편엔 튀어나온 만큼 쏙 패여서 무언가를 담아내는 포용력이 있다. 대부분의 장점과 단점은 이렇게 서로 등을 지는 형태라 떼어놓고는 말할 수가 없다. 예민함과 섬세함, 둔함과 털털함처럼.
　어디에나 맞는 만능 퍼즐조각이 없듯, 이렇게 각자의 모양으로 존재하는 우리는 그래서 누군가에게는 반드시, 완벽하지 않다. 이 당연한 사실을, 쌓여만 가는 사회성 때문에 종종 잊곤 한다. 그래서 우리는 상대의 단면에서 벗어난 모습을 보았을 때 종종 실망이란 것을 한다.

　실망이라 함은 '바라던 일이 뜻대로 되지 않아 상한 마음'을 뜻한다. 여기서 우리가 주목해야 하는 건 '상한 마음'이 아니라 '바라던 일'이다. 실망은 결국 상대로 인해 생겨나는 감정이 아니다. 무언가를 바란,

기대를 한, 또는 속단하고 추측한 나에게서 비롯되는 것이다. 앞서 말했듯 우리는 완벽하지 않은 고유의 모양으로 존재하는데, 타인을 바라보는 시각 또한 그렇다. 나의 경험치와 취향, 태생적 기질 등이 빚어낸 지극히 사적인 시선으로 서로를 볼 수밖에 없다.

그러나 '기대'에는 아무 잘못이 없다. 보이지 않는 부분을 가늠하는 것은 인간의 특권이자 낭만이니까. 그게 없이 어찌 사랑에 빠지거나 연민을 느낄 수 있겠는가.

그렇다면 '기대'의 반대 의미는 무얼까. '오해', '편견'쯤 되겠다. 둘 다 사적인 시각에서 비롯되지만, 기대에는 애정이 그 시작점에 관여를 하고 오해와 편견에는 그에 반대되는 감정이 관여했다는 차이만 있다. 때로 기대는 실망을 낳고, 오해나 편견이 호감으로 탈바꿈하기도 한다. 오래된 관계는 이 두 감정이 교차, 반복되다가 찾은 평균점 같은 것이 아닐까.

내가 오래오래 지내고 싶은 사람들에게 하고 싶은 말이 바로 저 말이었던 것 같다. 실망시키는 데 두려움이 없기를 바란다는. 더 솔직히 말하자면, 나는 높은 확률로 당신을 실망시킬 테지만 우리 평균점을 찾아가보지 않겠냐는 말….

있는 그대로의 모습으로 만인에게 사랑받을 수는 없다. 하지만 역으로 말하면, 있는 그대로의 모습을 받아들인 소수와의 관계는 견고한

것이다. 한 번도 실망시키지 않고서는, 나는 누군가와 진실로 가까울
자신이 없다. 우리, 마음껏 실망하자. 그리고 자유롭게 도란거리자.

미움받다

대충 미움받고 확실하게 사랑받을 것

『미움받을 용기』라는 책이 공전의 히트를 친 해가 있었다. 내용을 떠나서 일단 제목만으로 사람 마음을 번쩍 깨우는 책이었다. 미움과 용기라는 단어의 조합에 열광하는 사람들이 그리 많은 걸 보면, 미움받는다는 게 사람에게 어떤 의미인지를 생각하게 된다.

아무에게도 미움받지 않는 사람은 위험하다. 설령 대중적으로 그런 사람이 존재할지언정, 측근들 사이에서 차라리 험담이 떠돈다면 그건 다행이다. 한 명의 사람이 누구를 대하든 매끄럽다면, 그 사람은 흡사 존재하지 않는 것과도 같은 거니까. 그걸 아무리 알고 알아도, 미움은 어릴 때 꼭 먹어야 된다고 엄마가 얹어주던 맛없는 반찬처럼 삼키기가 싫다.

열 명의 사람 중 두세 명에게서 미움을 받는다면 문제가 없어 보인다. 그러나 그게 백 명, 천 명이 넘어가면 두렵다. 퍼센티지로는 동률이어도 숫자로 세어지는 마음이 미움이다. 살면서 대하는 사람들이 늘어나며, 어느 순간 이에 대한 선택을 하기로 했다. '그럼에도 불구하고 생긴 대로 살아야겠다는 것' 말이다. 방송을 하면서부턴 더더욱 그랬다. 어쩔 수 없이 호불호의 평가를 받아야 되는 일을 시작한 이상, 내 방향성은 더 명확해졌다. 그건 바로 대충 미움받고 확실하게 사랑받는 것이다.

생각해보면 잘 모르는 사람이 내게 갖는 부정적인 감정은 차라리 당연하다. 사람은 서로를 각자의 주관으로 바라볼 수밖에 없다. 그 앵글에서 모두에게 완벽한 피사체이고 싶은 마음을 가지면 그건 지옥의 시작일 테다. 대신 생긴 대로 살아가다 거름망에 걸러지는 내 사람들은 사금처럼 귀하다.

내가 라디오 DJ를 꿈꿨던 이유도 라디오는 카메라보다는 좀 더 자연스럽게 나의 모습을 드러내고 함께 소통할 수 있을 것 같다는 생각에서였다. 듣다가 별로라 채널을 돌려버리는 사람들이 수없이 존재하겠지만, 꾸준히 함께해주는 사람들은 나의 삐뚤빼뚤한 모양을 보고도 같이 웃어주는 사람들이다. 방송인 동시에 이럴 수 있는 곳은, 라디오가 유일한 것 같다.

'대충 미움받고, 확실하게 사랑받자.' 미움받을 용기까지는 없는 사람들에게 권하고 싶은 나의 인생관이다.

사랑하기에 좋은 사람

결정적으로는 그 사람이 좋은 게 아니라 그 사람 눈에 비친 내 모습이 참 좋은 사람이라는 사실을 느끼는 거죠. 그때 느끼는 벅참이 있잖아요. 저도 그럴 때 벅참을 느끼는 거 같아요. 함께 있기만 해도 나를 좋은 사람으로 느끼게 해주는 사람이 있어요. 그 순간 비로소 '이 사람은 나를 사랑하는 사람이구나' 또는 '나에게 좋은 사람이구나' 하는 감정이 느껴지더라고요.

백화점의 거울을 두고 '마법의 거울'이라고들 말한다. 사진 어플처럼, 무슨 기술인지 기분 좋은 비율 보정이 들어가 있다. 이 사실을 알면서도, 거기서 걸쳐본 옷에 우리는 홀린 듯 카드를 바친다. 반대로 화장품 코너에는 '진실의 거울'이 있다. 평소에 톤업이 되는 선블록 정도를 바르고 다니는 나는 집에서 거울을 잘 보지 않는 편이라 이 거울 앞에 서면 어쩐지 필요한 화장품이 엄청 많을 것 같은 압박감을 느낀다. 집에서 나올 때 슬쩍 본 거울 앞에서는 그래도 괜찮은 것 같았는데, 화장품 코너 거울 앞에서는 내 모공이 뭐라도 저장할 수 있을 것 같은 거대한 크기로 보이는 것이다.

　사람도 그렇다. 나는 내 모습을 절대로 마주할 수 없다. 거울에 비친 모습으로만 확인이 가능하다. 따지고 보면 내가 실제로 어떻게 생겼는지를 죽어도 모른다는 사실은 이상하다. 그리고 이것은 외면의 이야기만이 아니다. 시시각각 변하는 나의 내면도 마찬가지다. 야무지고 똑 부러지는 모습만 보이게 되는 상대가 있는가 하면 허술하고 실수투성이의 모습만 꺼내게 되는 상대가 있다. 사랑하기에 좋은 사람은, 이 사람과 함께할 때 나의 가장 성숙하고 괜찮은 모습이 나오는 사람이다. 나는 어차피 누구에게도 완벽하거나 객관적으로 설명이 가능한 한 사람으로 존재할 수 없다. 대상과 상황에 따라 미세하게 달라지기 때문이다.

그러니, 나의 부족한 모습을 끊임없이 비춰주는 사람에게 혹여 '이런 사람이 그래도 나를 발전시켜주겠지'라는 마음에 매여 있지 않았으면 좋겠다. 타인의 시선으로부터만 발견되는 나의 고유한 아름다움, 훌륭함이란 건 분명히 있다. 그리고 그런 좋은 모습을 볼수록, 나 역시도 스스로를 그렇게 믿을 수 있게 된다. 그런 관계에서는 마르지 않는 시너지가 샘솟는다. 지나친 미화에만 길들여지지 않는다면 말이다. 당신 곁의 수많은 거울들을 떠올려보라. 어떤 거울 앞에서 나는 가장 괜찮은 사람이었는가?

선을 긋다

누군가에게 약간의 불편함을 느낄 때, 그것을 그렇다고 말하거나 표현하는 것을 두고 '선을 긋는다'고 말한다. 그리고 이 표현에 자동적으로 따라붙는 감정은 서운함이다. 그걸 모두가 알고 있기에, 선 그을 펜을 쥔 사람은 머뭇거리게 된다. 어쩐지 매몰찬 행동 같으니까.

나는 아무리 친한 사람이라도 모두 약간씩의 거리를 두는 편이다. 아니, 친할수록 그렇다고 볼 수 있겠다. 가까워도 거리는 둬야 한다고 말할 때마다 구구절절 설명을 하게 되는 건, 내 의도와 '거리를 둔다'는 말이 가진 쓰임새가 다르기 때문이다. 정확히 말하고자 하는 바를 풀자면 이렇다.

'소중한 사람일수록 잘 바라보아야 한다. 세심히 살펴야 한다. 무언가를 제대로 보려면 최소 한 발자국 정도는 떨어져 있어야 한다. 사람

의 마음도 그렇다. 당연히 잘 안다고 여기는 순간, 관계는 V3가 깔리지 않은 컴퓨터가 된다.'

역시나 일일이 설명하자니 장황하다. 그러나 내가 소중하게 생각하는 누군가에게 '선을 그어'야 할 때가 있을 때는 반드시 이렇게 설명을 한다. 물론 내가 그리 여기는 상대들은 이 마음을 충분히 헤아리고, 동의해준다.

선을 긋는다는 말은 내겐 '모양을 그린다'는 말과 같다. 5개의 선을 그어 만들어지는 게 별 모양이다. 다시 말해 '나는 이렇게 생긴 사람이야'라고 알리는 행위가, 선을 긋는다는 의미이다. 간단하게 지도를 떠올려보자. 꼬불꼬불한 선으로 나뉘어 있는 수많은 국가들은, 선이 있다고 해서 서로 단절된 관계들은 아니다. 한 예로 유럽의 경우 각국의 법령, 풍습, 기타 여러 가지 현실적인 차이들을 인정하고 배려하고 지키기 위한 테두리로 그려져 있지 않은가.

밤하늘의 셀 수 없는 별들이 그러하듯 사람 마음의 모양은 전부 다 다르다. 선을 긋지 않는다는 건, 모양이 없는 액체 괴물처럼 살아가라는 말로 들린다. 그러니까 선을 긋는 건, 여리고 약한 혹은 못나고 부족한 내 어딘가에 누군가 닿았을 때 '나의 이곳은 이렇게 생겼어'라고 고백하는 행위다. 반대로 남들보다 더 관대하거나 잘난 부분이 있다면 그 부분은 시원하게 트여 있을 것이다. 이 부분은 나라는 사람을 탐험하는 상대방이 판단하는 부분이 된다. 그래서 어떤 관계는, 나도 몰랐던 내 영역을 알게 해준다. 그렇게 우리는 서로를 통해 확장되기도, 스스로를 알아가기도 한다.

살다 보면 부득이 선을 긋지 않아도 되는 사람들을 만난다. 그런 이들은 나름의 시간과 노력을 들여 나를 관찰해주고, 그걸 토대로 내 성향을 점선으로나마 그릴 줄 아는 사람들이다. 그리고 그 밑그림이 나의 실제와 크게 다르지 않을 때, 나는 무장해제되곤 한다. 이것이 얼마나 귀한 일인지 알기에, 이런 사람을 만나면 나 또한 열심히 점선으로 상대를 스케치해본다. '이곳이 예민하겠지', '이곳을 흥미로워하겠지' 하면서. 그리고 이런 식으로 그려지는 사람의 모양은 수시로 바뀌기도 하기에 끊임없는 관찰이 필요하다. 이 섬세한 과정을 퉁치는 말이 '배려'인 것 같다. 그러므로 나와 상대방 사이에 있는 틈은 서로가 서로를 잘 바라보기 위한 것일 테다.

시차적응

나이 듦이란 것을 온몸으로 체험하는 중이지만 그중에서도 가장 확실했던 변화는 시차적응이었다. 도대체 시차적응이란 게 왜 있는가 싶던 때가 있었다. 좀 덜 자고 빨리 잠들면 맞춰지는 게 신체 시계 아니었던가. 어느 때부터였는지 정확히 기억은 안 나지만, 수면유도제를 동원해 맞추려 해도 어김없이 한국 시간으로 내가 잠들 때쯤이면 머리가 멈추는 듯한 느낌이 들기 시작하며, 더 이상 내 몸이 내 기분을 따라오지 못한다는 걸 깨달았다.

사람의 감정에도 시차가 있다. 감정이 빠르게 익는 금사빠가 있는 반면, '사랑'이라는 말에 걸맞을 만큼 달궈질 때까지 오랜 시간이 걸리는 사람들도 있다. 그래서 사랑은 타이밍이라는 말도 탄생했겠지. 여기서 후회는 언제나 느린 사람의 몫이다. 이제 막 상대를 파악하고 감정에

적응될 때쯤 상대의 마음은 떠나버리고, 그때부터 아무리 잰걸음으로 달려봤자 상대는 증발한 듯이 거기 없다. 그렇다고 억지로 인정되지 않는 감정을 사랑이라 우기며 성급한 관계를 시작할 수도 없는 노릇이니 시차가 맞는 사람끼리 만나는 것 또한 사랑의 기적 중 하나다.

사랑에 빠지는 순간뿐이랴. 이별 또한 그렇다. 나는 아직 연인이었던 시간에 머물러 있는데 상대는 아닐 때, 반대로 이미 식어버린 마음을 들고 어쩔 줄 몰라 미안했던 때. 얄궂게도, 이런 시차가 존재하기에 노래 가사라는 게 탄생한다는 건 부인할 수가 없다.

대화의 기술

화법보다 더 중요한 관찰의 힘

마주 앉아 카톡으로 이야기를 주고받는 〈톡이나 할까?〉라는 토크 프로그램을 진행한 적이 있다. 그게 무슨 재미가 있을까 싶기도 했지만 비대면도, 대면도 아닌 묘한 형식에 호기심이 생겨 출연을 결정하게 되었다. 다행히 그 '묘한 형식'에서 나오는 의외의 진정성과 간질간질함 덕분에 이 프로그램은 꽤 오랫동안 사랑을 받았고, 현재도 '짤'의 형태로 회자되고 있다. 그 당시에 마음이 쓰인 것은 방송에 필요한 '재미' 요소가 아닌 진행자로서 느껴지는 '난이도'였다. 그 프로그램을 해보며 나는 '대화의 본질'은 언어가 아닌, 눈에 보이는 그 모든 풍경에 있다는 걸 확실히 알게 됐다.

대화의 사전적 의미는 '마주 대하여 이야기를 주고받음'이다. 응시하거나 시선을 피하거나, 손을 자유롭게 움직이거나 팔짱을 끼거나, 얼굴을 만지거나 시계를 바라보는 모든 행동들은, 언어 아래 숨겨진 상대의 마음을 읽는 가장 중요한 단서이다. 즉, 대화는 관찰이자 탐색이다. 많은 사람들이 '좋은 대화'를 위한 화법이나 말투를 배우고 싶어한다. 하지만 대화의 가장 결정적인 열쇠는 '어떻게 하면 상대의 마음을 잘 살필 수 있는가'이다. 〈톡이나 할까?〉가 단지 톡으로만 이어지는 토크쇼였다면, 문자를 적으며 짓는 상대의 표정이나 머뭇거림, 들뜸을 볼 수 없었을 것이다. 재밌는 건 문자를 쓰는 와중에 오히려 표정이 더 선명히 드러난다는 사실이었다. 서로를 쭉 바라보고 있지 않기 때문에 시선으로부터 자유로워진 우리들은, 아이처럼 솔직해져서 재미있는 이야기들을 나눌 수 있었던 것 같다.

단, 대화가 '관찰'이자 '탐색'이라는 사실은 사회화된 성인이 되어 만난 사이에 더욱 그러하다. 상대를 배려하기 위해 또는 경계하기 때문에 무의식적으로 길러진 크고 작은 요령과 태도를 우리는 모두 지니고 있고, 그 너머에 있는 마음을 읽는 것은 그만큼 섬세한 노력이 필요하다. 어릴 때 만난 친구들과 수다를 떨 때는 몇 시간이 지나도 잔뜩 신이 나 자리를 파할 때 아쉬운 마음이 드는 반면, 딱히 싫은 것도 아닌 만남 이후에도 이상하게 피로감이 느껴지는 것도 그 때문일 테다.

사과하다

사과를 전장의 백기처럼 생각하는 사람들이 있다. 마치 선언하고 나면 모든 게 종결되는 것처럼. 전쟁이 끝나면 곧바로 평화인 경우는 없다. 특히 피해를 입은 국가라면 그때부터가 오히려 아픔의 시작이다. 전쟁 통에는 생존만이 문제였다면, 전쟁이 휩쓸고 앗아간 모든 것들을 복구해 나가며 겪는 고통이 삶의 일상이 되는 것은 가장 슬픈 풍경이다. 다툼은 작은 의미에서 전쟁과 속성이 같다. 이권이 부딪히고, 신념이 충돌하고, 분노 분출 외에는 방법이 없을 때 우리는 다툰다.

쌍방과실이라 분노가 식으면서 자연스레 화해를 하는 경우라면 이상적이지만, 여기서는 한쪽 과실이 조금 더 클 경우의 이야기를 하고자 한다. 이상하게도 피해 입은 자들을 위로하는 이야기는 차고 넘치는데, 피해 입힌 자들을 성찰하게 하는 이야기는 적다.

사과를 하는 쪽에서는 '미안하다'는 말을 하는 순간 주도권을 갖는다는 착각을 한다. 물론 사과하는 일은 어렵다. 그렇기 때문인지 '사과 한다는 게 얼마나 대단한 건지'에 심취해서 포커스를 상대가 내 사과를 어떻게 받는지에 맞추기 시작한다. '미안하다고 했잖아'라는 말. 이 문장만 봐도 이유도 생각나지 않는 짜증이 밀려오지 않는가? 그만큼 사과를 하고 받을 만한 일에서 중요한 건 사건 그 자체보다는 이후의 과정인 것 같다.

사과를 받을 입장일 때를 떠올려보자. 상대가 '미안하다'고 말하는 순간은 마치 끓는 냄비가 올라간 가스레인지의 불을 끄는 것과도 같다. 더 끓일 의지는 없지만, 그렇다고 바로 식지는 못한다. 내 의지로 되는 일이 아니다. 그래서 이때, 흔들리는 동공으로 잔분노를 표출하기도 한다. '미안한 줄 알면 그러지 말았어야지', '그러게 내가 말했잖아' 등등이 단골 대사다. 물론, 이 말을 하지 않는다면 베스트다. 그러나 사과를 하는 입장에서 사과를 받는 태도에 점수를 매길 권한은 없다.

사과를 받은 사람 쪽에서 필요한 겸연쩍은 시간이란 게 있다. 마지못해 내민 손을 잡아주고, 다시 웃으며 이야기 나누기까지 떼는 한 걸음 한 걸음은 몹시도 무겁다. 이 무거운 발걸음을 기다려주는 것까지가, 진짜 사과다.

소중한 관계를 이어가는 비법이 뭐냐고 묻는다면, 나는 잘 화해하는 거라고 대답한다. 호시절에 잘해주는 건 쉽고도 당연한 일이다. 소중한 관계일수록, 거리가 가깝고 가까울수록, 갈등이 생길 확률은 높다. 그러니 이 갈등을 어떻게 어루만져 다음 단계로 가는지가 중요하다. 잘 마무리된 다툼만큼 관계를 돈독히 해주는 건 없다. 잘못을 저지른 경우라면 차라리 당신에게 이 관계를 더 견고히 만들 기회가 주어진 거다. 잊지 말자, 사과는 A/S 기간이 가장 중요하단 걸.

연애의 균열

지난 기억이 만들어낸 의심 사이렌

기차에는 마주 보고 앉는 좌석이 있다. 이동 중 여러 사람과 일을 해야 해서 부득이 거꾸로 앉은 적이 있는데, 이야기를 끝내고 바깥 풍경을 즐기려 눈을 돌렸더니 얼마 못 가 낯선 종류의 울렁거림이 느껴졌다. 내가 움직이는 방향과 반대를 바라보는 데서 오는 어색한 감각. 어릴 적 장난으로 거꾸로 걷기를 할 때에도 이런 어색한 울렁임과 뒤에 뭐가 있을지 모르는 두려움까지 더해져 몇 걸음 못 떼고 멈추던 기억이 난다. 어쩌면 첫사랑 이후의 모든 연애를 하는 모습이 그렇다. 앞으로 가는 시간을 거꾸로 바라보며 걷는 일.

라디오 연애상담 코너로 오는 수많은 사연들 중 가장 흔한 이야기는 이런 종류다. 지난 연애의 트라우마 때문에 다른 사랑을 하지 못한다는 사연, 지난 연애에 데어 그 사람과 반대의 특성만 가진 사람과 연애를 하다 일어나는 문제에 대한 사연, 지난 연애만큼 완벽하지 않아 만족감을 느끼지 못하는 사연….

첫사랑이 아픈 이유는 돌아보며 참고할 연애의 데이터가 없어서인지도 모른다. 아무 정보 없이 맨 마음으로 부딪히는 인생 단 한 번의 연애, 첫사랑. 만개하는 감정을 숨기지 않고 피어낼 줄만 알았던 순진한 처음.

다수의 연애로 축적된 경험치는 숙련된 사랑꾼 노릇을 가능케 한다. 사실 다수의 경험까진 없어도, 내 연애는 못해도 연애 상담을 잘하는 사람은 많다. 연애만큼 클리셰 범벅인 행위도 없기에 예측하기가 쉽기 때문이다.

보통의 흐름은 이렇다. 한 치 앞을 내다볼 수 없는 '짝사랑의 고통', 여명의 빛이 트이는 순간 같은 '썸의 시기', 마침내 입 맞추는 장면에서 멈춰버린 드라마 같은 '연애의 시작', 적당히 흥이 나고 적당히 분위기 있는 미디엄템포의 노래를 닮은 '안정기'. 이어서 감각으로 먼저 느껴지는 가을을 닮은 '이별의 징조', 가장 익숙했던 것들이 가장 슬픈 것들로 바뀌어가는 '이별'. 한때는 상대에게 제일 소중했던 내 감정 혹은 상대의 감정이 거추장스러워져버리는 초라한 한 사람만의 시간.

한 사람은 하나의 우주다. 그리고 두 사람의 연애는, 두 우주가 만나서 완전히 새롭게 만들어내는 또 다른 우주다. 당연히 완전히 다른 생태계의 법칙이 존재한다. 그럼에도 불구하고 우리는, 덜 상처받고 더 사랑받기 위해 죽어버린 지난 우주의 검색창을 뒤적인다. 검색의 행위가 지나치다 싶을 때, 연애는 어김없이 삐걱거린다.

연애에 균열이 생기는 가장 잦은 이유는 의심에서 비롯된다. (여기서 누군가의 치명적인 잘못이 있는 케이스는 제외하자.) 의심은 공포스러운 순간으로부터 스스로를 지키기 위한 일종의 사이렌 같아서, 학습된 것이 없이는 느끼기 힘든 감정이다.

그렇다면 연애에 있어 가장 공포스러운 상황은 무엇일까? 당연히 상대의 마음이 식어버리고 내가 버려지는 것일 테다. 지난 연애에서 그 상황을 미리 눈치채지 못했다는 자책감은, 상대의 작은 변화에도 요란한 의심 사이렌을 울린다. 낭만적이지 못한 표현이지만, 그 사이렌이 울리는 쪽은 대개 지는 게임을 시작하게 된다. 문제는 애초에 게임이 아닐 일을 게임으로 만들어버리는 데 있다.

더 사랑하는 쪽이 불리한 게 사랑 같다는 말을 듣거나, 느껴본 적이 있을 것이다. 하지만 그래 보이는 문제의 원인은 사랑의 크기가 아닌, 현재의 연애를 간섭하는 과거의 망령에게 주로 있다. 그 망령이 권력을 쥘수록, 의심과 오해는 커진다. 의심에서 비롯된 삐걱거림은 현상만 놓고 보면 마치 '내가 더 사랑한 게 문제'인 것 같다. 뒤만 보고 달렸기에 그렇게 된 원인은 잘 보이지 않는다.

새로운 관계는 기차의 방향처럼 시간을 따라 앞으로 가고 있지만, 우리는 자꾸만 거기에 거꾸로 올라타 지나간 기억을 본다. 앞으로 펼쳐질 새롭고 아름다운 것들을 놓친 채. 마주 보고 앉아 다른 곳을 바라보는 시간이 길어질수록, 두 사람이 만든 새로운 우주는 생명력을 잃어간다. 결국 또 한 번의 아픈 기억, 그리고 반복.

나는 '사랑은 마주 보는 일이 아니라 같은 곳을 바라보는 일이라는 말'을 좋아한다. 더 정확히는, 마주 보며 시작해서 같은 곳을 바라보는 일이라고 생각한다. 물론 지난 연애로 얻은 경험치를 아주 삭제하는 것이 최선이냐 하면 그건 또 아니다. (일단 그건 하고 싶어도 인간의 특성상 불가능하다.) 결국 그 경험치를 '적당히' 사용할 줄 아는 것이 바로 연애의 마스터키가 아닐까. 그게 말처럼 쉽지 않아 세상엔 이별 노래가 이리도 많은 거겠지만….

당신은 지금 연애에서 정방향 좌석에 앉아 있는가, 아니면 반대 좌석에 앉아 있는가?

사랑하는 마음은
나를 붕 뜨게 하기도,

한없이 추락하게 하기도 하는
역동성을 띤 반면

좋아하는 마음은
온몸과 마음의
긴장을 풀리게 해주는
안정성이 있다.

실망은 결국
상대로 인해 생겨나는 감정이 아니다.
무언가를 바란, 기대를 한,
또는 속단하고 추측한
나에게서 비롯되는 것이다.

선을 긋는 건,
여리고 약한 혹은
못나고 부족한 내 어딘가에
누군가 닿았을 때
'나의 이곳은 이렇게 생겼어'라고
고백하는 행위다.

많은 사람들이 '좋은 대화'를 위한
화법이나 말투를 배우고 싶어 한다.

하지만 대화의 가장 결정적인 열쇠는
'어떻게 하면 상대의 마음을 잘 살필 수 있는가'이다.

공감

통하는 마음은 디테일에서 나온다

SNS에 아주 쓸데없는 글을 올린 적이 있다. 이 책의 원고를 쓰다가 잠시 쉬던 때였다. 책상에 놓여 있는 국어사전의 페이지 모서리가 돌돌 말려 있는 사진을 올리며 쓴 고질적인 버릇에 관한 이야기였다. 나는 아주 어릴 때부터 종이만 보면 그 끝을 돌돌 말아서 손가락 끝을 간지럽히는 버릇이 있었는데, 중년이 되어도 고쳐지지 않은 게 신기할 따름이었다. 그런데 놀랍게도, 나 같은 버릇을 가진 수없이 많은 사람들이 댓글에서 나타났다!

세상에 이렇게 많은 종이변태들이 있었다니…. 댓글을 적은 사람들 모두 나처럼 놀라움으로 가득 차 있었다. 나만 그런 줄 알았다며, 나만 이상한 줄 알았다며. 같은 습관을 가진 사람들이야 그렇다 쳐도, 흥미로운 건 이 습관을 이해하지 못하는 사람들의 공감 댓글이었다. 그 느낌이 어떤 것인진 모르겠지만, 공감이 간다는 이들이 상당히 많았던 것이다. '공감대는 보편적일수록, 테두리가 넓을수록 더 넓힐 수 있다' 는 내 통념이 깨지던 순간이었다.

생각해보면 에일리의 〈저녁하늘〉도 마찬가지였다. 이전 책에서 쓴 바가 있지만, 나는 나의 가장 내밀한 기억을 담아 그 가사를 썼다. 엄마 가 외국에서 일을 하던 시절, 일 년에 한두 번 한국에 오는 엄마를 다 시 배웅하고 돌아오던 늘 같은 시간대의 하늘. 어린 날 새겨진 그 사무 침에 저녁하늘을 한동안 바라보지 못했던 기억을 담아 쓴 가사였는데, 어떤 가사보다도 많은 공감을 받았었다. 그때만 해도 우연이었다고, 에일리의 보컬 덕이라고만 생각했던 것 같다.

공감에 대한 나의 오류는 '쓰는 자의 입장'에서만 생각했다는 데 있 었다. 더 많은 사람들의 공감을 얻기 위해선, 덜 구체적이고 넓은 테두 리의 이야기를 써야 한다는 착각. 이를테면 이상형을 따질 때 '짝눈, 깨 끗한 피부, 예쁜 손가락, 야무진 입매' 등등을 열거하기보다 '눈코입이 달린 사람'이라고 쓰는 게 더 많은 이들을 대상으로 삼을 수 있는 맥락 으로 여긴 것이다.

그러나 '종이 변태' 에피소드나 〈저녁하늘〉 일화를 통해 내가 배운 건, 공감은 오히려 디테일에서 나온다는 것이다. 공감은 기억이 아닌 감 정에서 나온다. 즉 상황의 싱크로율이 같지 않더라도, 심지어 전혀 겪지 않은 일이라 해도 디테일한 설명이 사람들의 내밀한 기억을 자극해 같은 종류의 감정을 이끌어내는 것이 바로 공감을 사는 일인 것이다.

사람들에게는 저마다의 감정서랍이 있다. 상황에 대한 기억은 흐릿
해질지라도, 그때 느낀 감정들은 어딘가에 저장이 된다. 공감에 대한
생각이 바뀐 이후, 내가 겪지 않은 일에도 조금 더 적극적인 위로를 할
수 있을 것 같은 용기가 생겼다. 감정의 서랍은 냉장고와 달라서 열고
닫을수록 풍성해진다. 비록 나의 경험치가 아닌 일임에도, 진심으로
내 마음속의 서랍을 열면 누군가를 위로할 수 있을 것이다.

기 빨리다

타인의 기분만큼 내 기분도 들여다볼 것

2023년 현재, MBTI는 열풍을 지나 누군가에게는 사람을 구분하는 가장 객관적인 지표가 되어가고 있다. 그만큼 MBTI부터 묻고, 쉽게 나를 판단하는 눈빛에 나처럼 거부감을 크게 느끼는 사람들도 많아졌다. (MBTI 맹신자들은 이렇게 거부감을 갖는 이들도 특정 알파벳의 특성이라고 말하지만.) 여전히 이 현상이 마음에 들진 않지만, 적어도 많은 사람들이 다양한 인간 군상을 있는 그대로 받아들일 줄 알게 된 것에 MBTI가 일조한 사실은 부정할 수 없다.

예전에는 내향적 또는 내성적인 성향은 반대 성향인 사람보다 열등하다는 시선이 많았고, 감성과 이성은 남녀의 차이 정도로만 치부하기 일쑤였다. 그러나 이 현상 이후로는 저마다의 다름으로 인식되고 있으니 이는 반가운 일이다.

내향인들의 대표적인 특징은 '사람들을 만난 후 혼자만의 시간이 필요하다'는 것이다. 이것이 내향인과 외향인을 가르는 결정적 요인이라면, 나는 너무나 내향인이다. 우리 내향인들은 흔히 '기 빨린다'는 말을 많이 쓴다. 실제로 사람 많은 곳에 다녀오면 기력이 쇠하는 일이 잦다. 정말로 사람들 간에 흐르는 특정한 에너지와 같은 것이 내향인에게 미치는 영향이 있는지 아닌지는 알 수 없다. 하지만 나는 '내향인'이라 일컬어지는 사람들은 '드러난 것'보다 '드러나지 않는 것'들에 민감한 편이라 '기 빨리는' 느낌을 받는다고 생각한다. 예를 들어 대화를 할 때, 언어로 드러나진 않지만 느껴지는 상대의 기분, 이 자리에서 소외감을 느끼는 것처럼 보이는 사람에 대해 신경이 쓰이는 마음, 잘난 척을 에둘러 하고 있는 누군가를 향한 불편함 등등이 앞서 말한 '드러나지 않는 것'들이다. 이 모든 것들은 공통적으로 타인의 마음들인데, 내향인들은 이 명칭이 가진 '안을 향한다'는 특징과 달리 외부적인 것들에 민감도가 높은 것이 아이러니하다.

　나는 MBTI를 맹신하지도, 아주 무시하지도 않는다. 다만 현재의 나를 조금은 설명할 수 있는 단서이며, 마음에 들지 않거나 불편하다면 충분히 바꿀 수 있는 것이라 생각한다. 타인의 기분보다 내 기분을 자주 들여다보는 것만 습관화하더라도 '기가 빨려서' 무력해지는 시간은 줄어들 테니 말이다.

싫어하다

내게는 싫은 사람이 있어

오랫동안 무서워서 피해온 사람이 있었다. 긴 시간 사소하게 쌓인 기억들에서 생겨난 감정이라, 내가 구체적으로 그 사람을 왜 그토록 무서워하는지도 잘 모르겠는 지경이었다. 불행히도 그 사람은 내가 마냥 피하고만은 살 수 없는, 오며 가며 마주칠 수밖에 없는 사람이었다. 때로는 무시하기도, 때로는 화해 시도를, 때로는 잘 보이려는 비굴한 노력도 해봤다. 서로에 대한 험담이 넘쳐 서로의 귀에 들어가기 일쑤였다. 대놓고 귀에 들어가라고 악담을 내뱉던 시간도 있었다. 확실한 건 그는 모두에게 두려운 '절대악' 같은 존재는 아니란 거다. 최소한의 양심으로, 험담의 말미에는 아마도 그는 나와의 일대일 관계에서만 그런 사람일 거라는 말을 덧붙였다.

오랜 시간이 지나 나와 그의 중간에 있는 누군가가 화해를 도모하는 자리를 마련했다. 놀랍게도 20년 가까운 시간이 흘렀음에도 일단 본능적으로 움츠러들었다. 절친 이외의 어지간한 사람들과는 지나치게 가깝지도 멀지도 않게 지내기에 특별히 어려워할 사람도 없는 편이라 그 불쾌한 기분이 매우 낯설고 무거웠다. 괜한 농담을 마구 던지며 초연한 척했지만 온몸의 신경이 곤두섰다.

그 자리가 끝난 후 아주 단순한 사실을 깨달았다. 나는 그를 두려워하는 게 아니라 싫어하는 거였단 걸. 놀랍게도 그걸 인정하고 나자 많은 게 편해졌다. 괜스레 아는 사람이 겹치면 나오던 험담도 사라졌다.

생각해보니 나는 특별히 '싫어하는' 사람이 있었던 적이 없었다. 맞지 않는 사람과 굳이 더불어 지낼 일이 없는 축복받은 업무환경 덕일수도, 타인에게 그만큼의 관심이 없는 탓일 수도 있겠다. 그래서였을까, 나는 싫어한다는 감정을 두려움으로 오역한 채 오랜 시간을 보냈다. 생각해보면 단순했다. 피하고 싶은 마음은 두려워서만 일어나는 감정이 아니지 않나. 싫기 때문에 피하고 싶었던 것을. 다만 두렵다는 마음이 나를 쓸데없이 움츠러들게 하는 게 문제였다. 기분 나쁜 순간에 마음에도 없는 바보 같은 농담을 하기도 하고, 그런 내 모습에 자책하는 악순환의 고리를 끊지 못했던 건 내가 내 감정을 확실히 파악하지 못해서였던 것이다.

내가 문제의 그 사람을 알게 됐던 때는 자아가 불안정했던 어린 시절이었다. 그리고 나조차도 그 시절의 내가 마음에 들지 않는다. 한때 나는, 그런 나를 알아본 그가 두려운 거라고 생각했다. 그의 편에 서서 내 감정을 이해하려고 한 것이다. 그게 사실이든 아니든, 중요한 건 내 감정이 명확해졌다는 거였고 내 마음이 편해졌다는 거였다. 앞으로도 나는 그 사람을 마주칠 테지만, 전보다는 그 순간이 덜 고통스러울 것 같다. 적어도 감정의 실체는 알게 됐으니까.

살다 보면 누군가에게 미움을 받기도, 주기도 한다. 모든 걸 무난하게 중화하려는 습관이, 그 당연한 감정에 불필요하게 많은 이유를 주렁주렁 달아줬던 것 같다. 상대방의 프레임에 갇혀 생각할 필요 없이 그냥 단순히 그 사람이 싫다고 단정지어도 아무런 문제가 없다.

혹시 당신이 예전의 나처럼 누군가에 대한 두려움 때문에 스트레스를 받고 있다면, 당장 그 프레임에서 벗어나라고 말해주고 싶다. 인간관계에서 일어나는 모든 일들에 반드시 정교한 이유가 있는 게 아니더라고. 그냥 당신에게 해악한 사람이 있을 수 있고, 그냥 그 사람을 싫어할 수도 있는 거라고.

이해가 안 간다

비난을 내포하는 말

"참 그 사람은 이해가 안 가"라는 말을 중얼거린 경험, 누구나 한 번쯤은 있을 것이다.

내가 생각하기에 이 말을 닮은 사물을 꼽자면 버터나이프다. 무언가를 깊게 찌를 수는 없지만 상처를 낼 수 있으며, 잡는 이의 의도에 따라 '칼'의 쓰임새도 될 수는 있는 버터나이프. 이는 '의아하다'는 순수 의미를 담을 때와는 엄연히 다르다. 인상을 찌푸린 얼굴로 또는 격앙된 목소리로 뱉는 '이해가 안 간다'는 말은, 잦은 빈도로 누군가를 향한 비난을 내포한다. 물론 우리는 살면서 이런 표현을 할 상황에 놓이게 되고, 이것이 해선 안 되는 몹쓸 말도 아니다. 아마도 태초에 이 말이 사용되었을 때는 약한 강도의 견해차를 에둘러 표현하는 일종의 '매너'였으리라.

분명한 건 이 문장의 의미를 곱씹기 시작한 이후부터는 이 말을 자주 쓰는 사람을 경계하게 되었다는 사실이다. 입버릇처럼 이 말을 하는 사람들은 대체로 이 표현을 비난조로 사용한다는 걸 느꼈기 때문이다. 그런 이들의 "걔는 이해가 안 가"라는 말을 벌거벗기면 결국 그 말은 '걔는 잘못됐어' 또는 '걔는 이상한 애야'라는 의미더란 말이다. 그걸 느끼고 난 후부터 입버릇처럼 이 말을 하는 사람은 계속해서 자신의 비좁은 경험치나 견해를 고백하는 걸로 보이기 시작했다. 그래서 나는 이 말이 목구멍에 걸릴 때, 한 번쯤은 삼키고 생각해보려 한다. 이것이 물음표, 즉 의아함인지 아니면 비난의 느낌표인지. 그리고 내게 이해가 가지 않는 이 상황이 내가 서 있는 위치, 다시 말해 나의 관점 때문은 아닌지.

이렇게 나의 관점을 의심하면 또 다른 관점으로 어떤 것을 바라볼 수 있다. 그리고 그 과정은 확실히 나의 세계를 확장하거나 견고히 해주었다. 때로는 관용적으로 쓰는 말들은 잘못 쓰인 채로 굳어진 근육 같다. 익숙해져서 더 이상 통증이 느껴지지 않지만, 점점 더 악화되어가는 상태…. 습관적으로 툭툭 내뱉는 표현을 의심해보면 조금이라도 빨리 바로잡는 게 좋은 그 무언가를 발견할 수도 있을 것이다.

속이 보인다

누군가가 이런 고민을 토로했다. 아이가 가는 어린이집이 있는데, 어린이집 선생님이 아이 아빠에게 유독 잘하는 게, 사심이 있어 보인다는 거다. 본인이 갔을 때랑 현저히 다르다는 것을 아이 아빠가 아이를 데리러 간 날 우연히 뒤늦게 도착해서 보게 됐는데, 이게 쌓이다 보니 기분이 안 좋았다고. 결정적으로는 집에서 멀뚱히 있는 아이 아빠에게 아이가 "선생님이랑 같이 놀까? 그럼 아빠 기분 좋은데"라고 했다는 거다. (이 부분을 듣는 순간 머리끝이 쭈뼛했다.) 아이는 아빠를 기분 좋게 해주는 선생님이 마냥 좋은 사람인 거고, 아이 엄마는 그 속내가 보여 골치 아프지만 어린이집 구하기가 녹록치 않아 어쩔 수 없다는 게 골자였다.

여기서 진짜로 그 어린이집 선생님이 남자에게 사심이 있는 건지, 아니면 아이 엄마의 단순한 곡해인 건지는 알 수가 없다. 무엇보다 그건

이 이야기에서 중요한 요소가 아니다.

명확히 어른만의 언어인 말이 있다. '속이 보인다'는 말이 그렇다. 겉으로 드러나진 않지만 나의 촉으로, 또는 나의 경험치로 알 수 있는 것들을 통쳐 표현하는 말인데 아이들에게서 이 말이 잘 쓰이지 않는 건 아이들은 말 그대로 눈에 보이는 것만 보기 때문일 것이다.

사람의 장점보다는 단점을 기가 막히게 캐치해내는 사람들이 있다. 그런 사람들을 보면 쉴 새 없이 자기의 단점을 고백하는 것처럼 보인다. 가급적이면 좋은 걸 더 많이 보는 사람은, 아마도 안에 좋은 게 더 많은 사람일 테다. 인간에게 '객관적' 시각이란 건 존재하지 않는다면, 차라리 나의 좋은 면에 투영시켜 좀 더 나은 세상을 보는 것도 방법이겠다.

뒷담화

부정적 감정이 깃든 일에는 룰이 필요하다

내 라디오 코너 중에는 정신과 의사 양재웅 원장과 함께하는 '극한 일상'이라는 상담코너가 있다. 뒷담화에 대한 사연이 왔는데, 양원장은 이런 말을 했다.

"어느 정도의 뒷담화는 정신건강에 좋습니다. 벤틸레이션(ventilation: 환기) 역할을 해주거든요. 인간은 누구나 대놓고 말하긴 뭐할 정도의 불만이 있을 수밖에 없어요. 뒷담화를 하는 데 지나치게 죄책감을 가질 바엔 차라리 시원하게 해버리세요."

내가 가진 '뒷담화'에 대한 통념이 깨지는 순간이었다! 생각해보니 얼마 전 법륜스님조차 뒷담화는 차라리 매너가 아니냐고 말씀하신 것을 유튜브에서 본 적이 있다. 나에 대해 불만이 있을 수 있는데, 그걸 면전에서 쏘아붙인 건 아니지 않느냐는 내용이었다. 법륜스님이야 어떤 경지에 오른 분이실 테니 그렇다 치더라도, 정신의학적 순기능이 있다는 말엔 세상의 다른 면을 발견하는 듯한 신선함이 있었다. 생각해보면 뒤에서 누군가에 대한 불만을 단 한 번도 말하지 않고 사는 사람이 어디 있겠는가.

그렇지만 '이제부터 신명나게 뒷담화를 하자'라며 살 수는 없는 노릇이다. 나는 살면서 겪을 수밖에 없는 부정적 감정이 깃든 일에는 어느 정도의 룰이 있으면 좋다는 주의다. 이를테면 싸울 일이 있을 때에 반드시 피해야 하는 말이나 몇 시간 이상은 절대 잠수 타지 않기 등의 룰이 있으면 좋은 것처럼. 나의 경우 뒷담화를 듣게 될 때 충분히 공감하며 듣되 그 감정을 공유하지는 않겠다는 룰이 있다. 실제로 그 사람에게 불만인 점들은 그의 입장에선 충분히 타당하나 내게는 개인적으로 타격이 없는 것들이 대부분이다. 그래서 뒷담화를 실컷 들은 후에, 나의 그 사람(뒷담화의 주인공)에 대한 감정엔 변화가 없음을 공지한다. 말한 이들도 이에 대개 불만은 없었다. 그러나 이 포인트에서 '왜 함께 미워해주지 않냐'는 식으로 나오면, 그 사람은 오히려 내게 아웃이다. 아, 그리고 나와의 관계가 얼마 되지도 않은 때에 뒷담화로 교감을 시도하는 사람들도 아웃이다.

뒷담화를 하다가 말미에는 괜한 죄책감에 또는 본능적인 균형감각 때문에 '그렇지만 그 사람이 마냥 그런 부분만 있는 건 아니야'라는 흐름의 대화로 이어진 경험들이 있을 것이다. 뒷담화라는 '길티 플레져(guilty pleasure)'를 저질렀다면, 최소한 이런 식의 이성은 애써서라도 갖춰보면 어떨까.

그럼에도 불구하고 잊지 말아야 할 것은, 모든 부적절한 것들에는 중독성이 있으며 중독성이 있는 것들은 습관이 된다는 사실이다. 최대한 멀리하되, 부득이 이를 하게 된다면 그에 따른 감정을 공유하지 않는 것, 그리고 그 나쁜 것들이 그 사람의 전부는 아니라는 걸 굳이 상기하며 마무리 짓는 것을 내 뒷담화의 룰로 정의해본다.

싸하다

오류가 많은 무의식의 데이터

어지간하면 입 밖으로 내지 말아야겠다고 다짐하는 말이 있다면 바로 이 표현이다. 굉장히 비겁하고 잔인하게 쓰이는 경우가 대부분이기 때문이다. 이 말은 대체로 결과론적으로 쓰이거나, 누군가를 비난하고는 싶은데 마땅한 근거가 없을 때 비밀리에 쓰인다. 그래서 비겁하다.

또 사실 관계와 상관없는 개인적인 감정까지 마치 합리적인 근거인 양, 그 감정이 해소될 때까지 비난의 판에 땔감을 넣는 말이라 더욱 잔인하다.

물론 싸하다는 말 말고 다른 표현의 길이 없을 때가 있다. 이 말은 내가 겪어온 삶이 쌓아놓은 무의식의 데이터베이스가 보내는 사인이다. 그러나 즉각적으로 그 모든 데이터가 도식화되지 않는, 그럼에도 드리우는 불길한 기운에 휩싸이는 현상을 우리는 '싸하다'고 말한다. 하지만 이 레이더가 맞아 떨어지는 경우가 강렬하게 남아서 그렇지, 가만히 돌이켜보면 오류가 훨씬 많은 것을 이제는 안다. 그래서 '뭔가 싸한데' 싶은 감정이 들면 즉각 그 느낌을 희석시키려고 한다. 싸한 느낌이 결과적으로 맞아 떨어지는 경우 예전엔 왠지 모를 통쾌함이 있었지만, 언젠가부터는 서글퍼졌다. 반대로 이 느낌이 무색할 만큼 괜찮은 사람이거나 잘 풀리는 일이 결과로 나타날 때는 안도하게 된다. 아직 세상은 내 데이터보다 훨씬 더 긍정적이라는 신호니까.

미안하다

털어내지 말고 심어둘 것

해가 중천에 뜰 때쯤에야 일어나기 일쑤인 내게, 일어나자마자 눈을 뜨고 핸드폰을 확인하는 일은 고역이다. 오전에 와 있는 문자들은 대체로 반가운 소식이 없다. 나랑 제대로 된 소통을 하는 이들은 오전에 문자를 할 리가 없기 때문이다. 저작권협회에서 온 부고 문자, 건강보험료 납부, 카드 결제 알림 등을 확인하다 날 선 문자가 눈에 띄었다.

"어떻게 그런 말을 했죠?"

내용을 전부 옮길 수는 없지만 골자는 이 말이었다. 밑도 끝도 없는 공격적인 문자에 눈이 번쩍 뜨였다. 몇 번을 읽어보고 헤아려보아도 납득이 가지 않는 내용이었다. 나는 '그런 말'을 한 적이 없다. 이건 너무도 분명한 오해다. 확신에 찬 나는 "누가 그러던가요? 이게 사실이 아닐 경우 사과하실 건가요?"라고 답신했다. 누구에게 들었으며, 아닐 경우 사과를 하겠다는 답이 왔다.

몇 년 넘게 통화를 하지 않았던 '증인'에게 전화를 걸었다. 나는 사실 전화가 연결되기를 기다리는 와중에도 마음이 불안했다. 이 사람은 적어도 말을 지어낼 리는 없는 사람이며, 내가 유난히 습관적으로 무례하게 대했던 사람이다. 시간이 흐른 일이라 처음엔 당황했다. 오해가 있기를, 이 사람의 기억에 오차가 있기를 그 순간까지도 바랐다. 그러나 통화를 하며 하나둘씩 기억이 났다. 나는 '그런 말'을 했다. '증인'인 누군가를 비난하기 위해 다른 누군가를 싸잡아 매도하는 악의적인 발언이었다.

문자를 보자마자 '나는 그럴 리가 없는 사람'이라고 확신했던 내가 너무 창피했다. 문자를 보낸 사람 입장에선 아무리 시간이 흘렀어도 가만히 있다 당한 봉변이었을 거다. 변명의 여지가 최대한 남지 않는 사과를 하고 싶어 문자를 거듭 고치며 작성했다. 장문의 사과문을 보내고 나는 죄책감과 수치심에 몇 시간을 가만히 앉아 있었다. 이 문자를 보내기까지 상대가 받았을 억울함과 분노를 최대한 떠올렸다. 잘못을 한 사람은 석고대죄라도 할 수 있지만, 잘못을 당한 사람은 사과를 받는다 하여도 그 사과가 소화되기까지 기다리는 것밖엔 할 수가 없다. 사과는 나의 의지로 할 수 있는 '행위'이지만, 억울함과 분노는 이성적으로 조절할 수 있는 감정이 아니기 때문에.

하루 정도의 시간이 지나 긴 답장을 받았다. 말미에는 고개를 들 수가 없게도 사과를 해주어 고맙다는 말도 포함돼 있었다. 나는 내가 잘못을 저지른 상대가 좋은 사람이어서 다행이라는 비겁한 생각을 하고 말았다. 그래서 또 한 번 사무치게 미안했다.

나는 오랫동안 이 일을 기억하고 있는 걸로 '미안하다'는 내용의 문자로 다 갚지 못한 죄책감을 갚아나가기로 했다. 후련한 마음과 속 편한 기분이 눈치 없이 밀려와도 애써 밀어내기로 다짐했다. 사과를 받아준 것에 대한 고마움은 앞으로 조금이라도 더 나은 사람이 되는 걸로 갚아 나가기로 한다. 그 사람은 그 마음을 알아줄 사람이니까.

'미안하다'라는 말은 말꼬리가 길수록 가치가 있다는 생각을 한다. 이 말은 털어내는 것이 아니라 마음에 심어두는 거라는 깨달음을 준 누군가에게 다시 한 번 고개 숙이며.

비난

다정한 사람들은 말수가 적다

악플은 흡사 미세먼지와도 같다. 매우 유해하고, 늘 존재하지만, 딱히 어찌할 방도가 없는 것. 방송을 하기 전에는 이해가 가지 않았다. 악플이라는 것들은 대부분 누가 봐도 쓸모없는 사람들이 뱉은 불쾌한 가래침 같은 건데, 왜 그런 것 따위에 저 사람은 영향을 받을까. 아마 많은 사람들이 나와 같은 생각이리라. 유명 연예인만큼은 아닐지언정, 내가 하는 말과 행동이 전파를 타며 댓글로 피드백을 조금 받아보니, 악플이란 건 잠복균 같은 거지, 즉발성 타격을 주는 게 아니란 걸 알았다. 평소에는 대부분의 사람들이 생각하는 것과 같다. 코웃음 치며 넘길 말들이고, 어쩔 때는 웃으며 즐기기까지 한다. 그러나 문제는, 누구에게나 찾아오는 내가 하염없이 작아지는 밤에 일어난다.

누가 굳이 뭐라 하지 않아도 사람은 누구나 자기혐오의 순간을 겪는

다. 못나고 부족한 것들이 크게만 보이는, 멘탈 면역력이 바닥을 치는 어느 밤. 악플 잠복균은 온몸에 두드러기처럼 올라온다. '어쩌면 그 사람 말이 맞을지 몰라'로 시작되는 자기의심은 대단한 속도로 혐오까지 달려간다. 자존감이 낮아지는 외로운 시간은 누구에게나 찾아오지만, 악플은 그 얄궂은 시간 속에서만큼은 논리력을 갖는다. 나를 상대하는 검사가 끝없이 들이미는 증거처럼, 언제 본 건지 기억도 안 나는 아픈 말들이 나를 찌르고 또 찌른다. 이는 우리가 누군가에게 듣는 일방적인 비난과도 마찬가지일 테다. 비난을 듣고 나면 처음엔 분개하고 방어하지만, 마음이 약해지는 날에 자꾸 스스로에게 화살을 쏘게 되는 비난의 말들이 있다.

시간이 지나고 악플의 내용은 잊힐지언정, 아팠던 기억은 남는다. 내가 친 바닥의 차가운 느낌은 선명히 떠오른다. 그래서 악플은 '표현의 자유'라는 얄량한 말로 용납될 수가 없는 것이다. 사람이 가장 약해진 순간, 아무에게도 도움을 청할 수 없는 상태에 숨통을 조여오기에.

나는 '악플러'라는 말에 해당하는 사람들은 생각보다 적을 수 있다고 생각한다. 그리고 이 생각이, 차라리 '악플러'라 칭해질 만한 특정 집단이 존재하는 것보다 더 무섭다. 내 추론은 이렇다. 악플만을 다는 특정한 사람들이 있기야 있겠지만, 평범한 사람들이 악플을 달고 싶어지는 순간들도 있다는 것. 이런 상상을 하다 보면 세상이 무섭지만, 이해는 간다. 인간에게는 다양한 면이 존재하고 세상은 살아가기에 너무 버거우니까. 아무도 보지 않는 곳에서 몰래 버리는 마음의 쓰레기 같은 게 악플일 테니까.

아쉬운 건 다정한 사람들은 말수가 적다는 거다. 말을 하기보다는 듣는 게 익숙한 사람, 누군가를 향한 마음을 풀어헤치기보다는 품어 버릇하는 사람들. 이는 다정한 이들이 가진 특성이다. 굳이, 어딘가에, 나의 마음을 글자로 쓰는 것이 익숙하지 않은 사람들이다. 혹시 악플에 상처받는 이들을 보고 마음이 아파본 적이 있다면, 좀 더 요란스럽게 그들을 보호할 수 있는 말들을 써보기를 부탁한다. 그 한마디가 어쩌면 소중한 그 누군가를 지킬 수 있을 것이라는 희망을 갖고.

지질하다

'지질한 사랑 고백이라는 걸 알지만.' 데이브레이크 〈Silly〉 가사 중 일부다. 이외에도 지질하다(찌질하다)는 표현은 수없이 많은 가사에 쓰이고, 윤종신은 스스로를 '찌질한 가사의 대가'라 기꺼이 칭한다. 보잘 것없고 변변하지 못하다는 뜻을 가진 이 표현의 유의어는 '없어 보이다' 정도가 되겠다. 선이 굵은 사람들의 호기로운 성향보다는 언뜻 봤을 때 확실히 모양새가 빠지는 모습이긴 하다. 지질하다는 말의 핵심은 연연한다는 점이니까.

이에 반대되는 모습을 떠올린다면 아마도 '거스름돈은 됐어요'라고 무심하게 말하거나 이별한 뒤 쿨하게 돌아선 뒷모습으로 건네는 손인사 같은 것일 테다. 여기서의 '거스름돈' 같은 것은 굳이 챙기지 않아도 대세에 지장 없는 무엇이다. 돈이 아니더라도 거스름돈과 닮은 것들을 꼼꼼히 챙기는 사람이라 함은, 돌아서 빈자리를 한 번 더 보는 사람이다. 구차해짐을 불사하고 생략되어도 무방한 한마디를 건넬 수 있는, 따스함이 있는 사람이다. 이는 아무도 캐치해주지 않는 나의 미세한 상처에 안부를 물어줄 수 있는 사람이다. 호방한 사람들이 놓친 작은 세계를 들여다봤을 때 그곳이 아름다울 수 있는 건 어쩌면 바로 이런 지질한 사람들 덕이 아닐까.

상처

서로의 아픔을 볼 수 있다면

피부과에서 받아본 고가의 관리 중 '울쎄라'라는 레이저 관리가 있다. 이 관리의 논리는 다소 끔찍하다. 진피층 아래 깊숙한 곳에 전달되는 열로 내상을 입히는 기술이기 때문이다. 피부에 난 상처에 딱지가 지면서 근처의 피부가 잡아당겨지는 모습을 본 적이 있다면 이해가 쉬울 것이다. 살이 아무는 과정에는 수축이 일어나고, 적당한 수축으로 인해 얼굴이 리프팅되는 현상이 바로 이 기술의 핵심이다. (피부관리 홍보는 아니다만.)

아주 가볍게 긁힌 상처라 할지라도 현미경으로 들여다본다면 이런 현상이 있을 것이다. 즉, 상처 난 곳은 움츠러든다. 생각하건대 어쩐지 마음에 난 상처도 그럴 것 같다. 곳곳에 움츠러든 곳이 있는 사람들은, 귀신같이 서로를 알아본다. 상처가 하나도 없는 사람보단 나본 사람들이 훨씬 많기에, 우리는 저마다의 빅데이터에 근거해 상대를 대한다.

배려라는 것은 어쩌면 피냄새를 맡을 줄 아는 감각이다. 마음 여기저기에 움츠러든 자국이 많은 사람들은 서로를 소리 없이 반긴다. 낯가리는 이들이 서로에게 한 발짝 다가서는 사소하고 고요한 순간들이 있다. 이를테면 왁자지껄한 회식자리나 MT 같은 곳에서 겉도는 이들이 서로를 알아보고 조용히 다가가 앉는 풍경, 또는 발표를 망쳐서 붉어진 얼굴의 동료에게 가볍게 농담을 던지거나 기운을 북돋아주는 일.

시간으로 잴 수도 없는 찰나겠지만, 그 안에서는 거대한 두 개의 우주가 만난다. 그리고 이 아름다운 충돌은 움츠러들었던 것의 몇 배만큼 서로를 자라나게 만든다.

포장하다

주는 이의 마음이 담긴 그 무엇

선물의 통상적인 완성은 포장이다. 거추장스럽고 어차피 쓰레기가 되기에 받는 사람 입장에서 정작 번거로울 때가 있지만, 선물이 선물인 이유는 바로 이 포장에 있는지도 모른다. 물건의 정체성은 그저 쓰임에 있다. 그러나 포장이 됨으로써 비로소 물건은 단지 물건이 아닌, 주는 이의 마음이 담긴 무언가로 탄생한다.

포장은 편리와는 거리가 멀다. 따라서 발명가들의 뇌에서 탄생할 법한 게 아니다. 오히려 무용에 가깝다. 그렇지만 포장은 시간을 들여 신경 쓴 마음을 표현하는 수단이다. 즉 포장이라는 것을 가장 먼저 고안한 사람이 누군지는 몰라도, 애틋한 마음을 가진 적이 있고 그것을 전달할 대상이 있었음에는 틀림없다.

이런 낭만적인 추론에도 불구하고 포장이란 단어의 쓰임새는 자주 부정적이다. 가식, 거짓, 겉치레 등을 지적하는 용도로, 우리는 포장이라는 말을 사용하곤 한다. '선의로 포장된 악의'라는 관용구를 들여다보자. '선의'라는 단어가 선한 캐릭터를 주로 맡는 배우를 상징한다면 '포장'은 악역 전문 배우다.

그럼에도 불구하고, 포장을 최초로 만든 사람의 따뜻한 마음은 변치 않고 이 행위 속에 담겨 있다. 일례로 조언이라는 게 그렇다. '선의'로 건네는 말이니 듣기에 조금 거슬리거나 아파도 받아들여야 한다고, 몸에 좋은 약이 입에 쓰다고들 말하지만 이건 순전히 조언을 하는 자의 편만을 드는 이야기다. 진심의 '선의'란 게 있다면, 자신의 의도를 이런저런 표현을 동원해 정성스레 '포장'해 전달할 수밖에 없을 테니 말이다.

주는 자가 받는 이를 오랫동안 세심히 지켜봐온 시간이 선물 받는 이의 만족도를 좌지우지하듯, 조언도 그렇다. 듣는 이의 성향과 아픈 곳을 헤아려 가장 고운 말이 되어 나올 때야 '조언'이지, 뱉어야 시원한 말은 조언이 아니다. 하물며 몸에 좋다는 쓴 약도 캡슐에 담아 삼키는 마당에, 말에도 그만한 정성은 들여야 할 것이다. 세상이 물건들로 이루어져 있다면 가장 무용할, 그러나 사람들로도 이루어져 있기에 제일 필요한 것. 그게 '포장'이 가진 철학이 아닐까.

사람들에게는
저마다의 감정서랍이 있다.
상황에 대한 기억은
흐릿해질지라도,
그때 느낀 감정들은
어딘가에 저장이 된다.

나의 관점을 의심하면
또 다른 관점으로
어떤 것을 바라볼 수 있다.
그리고 그 과정은 확실히
나의 세계를 확장하거나
견고히 해주었다.

주는 자가 받는 이를 오랫동안 세심히 지켜봐온 시간이

선물 받는 이의 만족도를 좌지우지하듯, 조언도 그렇다.

듣는 이의 성향과 아픈 곳을 헤아려

가장 고운 말이 되어 나올 때야 '조언'이지,

뱉어야 시원한 말은 조언이 아니다.

염치가 있다

내 가 꼭 지 키 고 싶 은 것

남녀노소를 떠나 내가 좋아하는 부류 사람들의 가장 큰 공통점이 있다면 그건 '염치'가 있다는 거다. 염치는 부끄러움을 아는 마음을 뜻하는 단어다. 나이가 들어가며 내가 가장 지키고 싶은 게 하나 있다면 바로이 '염치'다.

비하의 뉘앙스로 '아저씨', '아줌마' 소리를 듣는 일은 대개 염치와 관련이 있다. 대로변에서 어금니까지 내놓고 이쑤시개를 쓰는 모습, 지하철에서 쩍벌다리를 하고 앉은 모습, 빈자리를 향해 사람들을 거칠게 밀쳐내며 돌진하는 모습 등등은 모두 본인의 편의 앞에 부끄러움이 없는 태도들이다.

나이와 상관없이 이런 태도를 가진 자들이야 답이 없다 쳐도, 나이와 밀접한 상관이 있는 이유를 들여다보면 서글프다. 삶에 지쳐, 육아

와 회사에 지쳐, 체면이란 게 사치인 순간들이 쌓여 만들어지는 태도
일 테니 말이다. 수줍음이 있는 어르신이 된다는 건 그래서 어렵다. 그
래서 소망한다. 시간이 흘러도 나 또한 염치 있는 사람으로 남아 있길.

재벌, 갑질, 애교

우리에게만 익숙한 단어

고등학교 때 경제학 수업을 듣는데 한국이 언급되며 'Chaebol(재벌)'이라는 단어가 교과서에 등장했다. 선생님이 연신 '채볼~'에 가까운 발음으로 재벌에 대해 설명하고 신기하다는 듯 수업을 듣는 학생들 틈에 나만 혼자 보이지 않는 유령이 된 기분이 들었다. '재벌'이라는 개념이 이렇게까지 생소하다니! '개인이 이룬 부가 기업화되어 이를 가족이 이어받는 형태가, 이 정도로 비정상적인 거였구나' 싶었던 순간. 여전히 '그렇게 피땀 흘려 이룬 회사를 자식에게 물려주는 게 뭐가 잘못이냐!'고 당당히 '재벌'을 비호해주는 사람이 많은 걸 보면 고등학교 사회학 수업시간이 맞물려 떠오르곤 한다.

대한항공 회항 사태가 났을 때도 마찬가지였다. 외신에서 한국 내에서는 이 사건을 두고 'Gapjil(갑질)'이라 한다며, 이 갑질이 어떤 행태인

082

지를 친절히 설명하는 문장이 기사의 상당 부분을 차지했다. '갑질'이란 말은 한국에서도 비교적 갓 탄생한 말인데, 이 말이 탄생했다는 것 자체는 어쩌면 희망적인 일이다. 고용인과 피고용인 사이에 오고가는 비용은 피고용인의 능력에 대한 가치 지불일 뿐이다. 돈을 받아서 '고마워'야 할 경우는 아마도 용돈 정도일 테다. 이제는 얼굴을 드러낸 '상식'이 되었지만, 사실 '갑질'이라는 폄하적 단어가 생겨나기 전에는, 당하면서도 '세상 이치가 그렇지'라며 피해자가 도리어 이해하려 했던 행태가 바로 '갑질'이다. 갑질은 단지 준재벌급 이상의 세계에서만 벌어지는 악행이 아니다. 식당에서, 택시 안에서, 편의점에서까지 '지불하는 자'가 존재하는 모든 곳에서 갑질은 존재한다. 나 스스로도 이로부터 완전히 떳떳할 순 없을 것이다. 단지 사람들의 시선 때문에 표현하지 않을 뿐. 특히 고액을 내는 곳에서 마음에 들지 않는 상황이 벌어지면 안에서 신경질이 스멀스멀 촉수를 뻗는 게 느껴진다. 이런 내면의 촉수가 느껴질 때, '갑질'이라는 단어가 떠오르며 스스로의 천박함에 부끄러워지곤 한다.

한국의 고유 표현은 또 있다. 바로 '애교'다. 외국인 친구에게 아무개의 매력은 애교라고 이야기를 했다. '애교'라는 개념을 이해시키기 위해 그렇게 많은 설명이 필요하게 될지는 몰랐다. 외국인 친구는 자기가 잘 이해하는 게 맞는지 거듭 되물으며 'babyish', 'childish'라는 단어

를 언급했다. 맞긴 맞는데, 이것이 매력, attractiveness인 거라고 연결
짓는 데서 오류가 발생했다. 성인에게 babyish, childish라는 표현이 붙
는 경우는 대개 뒷담화에서나 등장한다. 그만큼 비난의 뉘앙스가 담겼
다는 거다. 답답한 마음에 사전을 열어 '애교'를 영단어로 검색해보니
이를 정확히 설명하는 하나의 단어는 없었다. 'Attractiveness'라고 표기
되어 있지만 이 말은 '애교'와는 전혀 다른 우주에 있다는 걸, 우리는
정확히 알고 있다. 이 사실이 품은 많은 문제점을, 나는 몰랐던 것 같
다. 나는 이 절반은 포기한 듯한 사전 해석을 보며, chaebol처럼 구구절
절 설명이 붙지 않은 것이 차라리 낫다고 생각했다.

외국이 모든 게 맞는 건 아니지만, 재벌, 갑질, 애교 이 세 단어만큼
은 외국인에게 설명하려 할 때 얼굴이 뜨거워지는 건 사실이다. 가만
생각해보면 외화에서 '애교'가 많은 캐릭터가 등장하는 경우 그들은
대부분 희화화된 캐릭터이다. 적어도 티비에서 더는 연예인에게 '애교
한번 보여주세요'라는 말은 나오지 않으니, 이를 위안 삼아야 할까.

소중하다

우린 매일 이별에 가까워지는 중

소중하다의 '소(所)'는 '~하는 바', '~하는 것' 등의 의존명사 역할을 하고 '중(重)'은 말 그대로 무거움을 뜻한다. 무거운 것을 손으로 받쳐 들려면 자연히 두 손을 쓸 테고 그 무게감 때문에 온 힘이 이것을 잘 잡고 지키는 데 쓰일 테니, 소중한 것을 가진 자의 모습이 생생히 떠오른다. '귀중품'이라는 단어의 '귀중'이라는 말과의 차이점은 중하게 여기는 것을 스스로 택할 수 있다는 데 있겠다. 귀중하다는 것은 희소성 있고(貴 : 귀할 귀) 무거운 것, 즉 누가 봐도 그러한 것들에게 붙여지는 말이지만 소중하다는 것은 그와는 확실히 다르다. 어느 가을, 주워 곱게 말린 은행잎이나 버려야 할 때가 지나버린, 누군가에게 선물 받은 옷은 귀중하진 않아도 소중할 수 있으니 말이다.

작사가와 방송인 사이 어디쯤인가의 정체성으로 살아가고 있는 나에게는 개인 매니저가 있다. 방송인으로서는 회사에 소속이 되어 있지만 회사 매니저와 일을 하지 않는 이유는 작사가로서 또 개인으로서의 일정 이동에도 도움이 필요하기 때문이다. 회사 소속 매니저를 개인 일정까지 대동하기엔, 회사 입장에서 너무 손해다. 어쨌든 나는 얼마 전 아주 소중한 인력을 하나 잃었다.

일을 잘하는 사람이야 어떻게든 찾을 수 있지만, 여기에 마음까지 맞기는 어렵다. 그런데 그 친구가 그랬다. 인간 대 인간으로 봐서는 아주 좋은 일이었다. 그 친구는 더 큰 역량을 펼칠 수 있는 친구이기에 원하는 곳으로 떠나는 게 옳다. 그럼에도 불구하고 내 입장에선 소중한 사람 하나를 잃었다.

소중한 것은 글자가 뜻하는 것처럼 힘을 들여 지켜야 하는 것임에도, 우리는 종종 말로만 그것을 소중하다 칭한 채, 방치한다. 그래서인지 가사 속에서 '소중하다'는 말은 주로 과거형으로 쓰이는 경우가 많다. 소 잃고 외양간 고치는 말 같기도 하지만, 세상의 모든 소중한 것들은 그것이 유한하기에 그렇다. 꽃을 보고 드는 반가운 마음은 이것이 곧 시들 것을 알기 때문이고, 청춘을 예찬하는 이유도 쏜살처럼 빨리 사라져버림을 알기 때문이다. 그러나 인간은 망각과 적응의 동물이기에 이 유한성을 잊는다. 우리는 모두 언젠가 떠나기에, 하루하루는 소중하다. 이처럼 우리는 매일같이 이별에 가까워지고 있다.

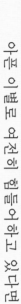

아픈 이별로 여전히 힘들어하고 있다면

반드시 모든 이별이 가슴 아프고 나쁘고 슬프고 처연한 것일까? 저는 그렇지 않다고 생각합니다. 그다음으로 넘어가기 위한 산뜻한 걸음일 수 있거든요. 이게 토네이도 같은 거예요. 그 안에 있을 때는 여기서 나가는 게 너무 무섭고 절대 못할 일인 것 같고 나한테 이 사람이 마지막일 거 같지만, 막상 그 토네이도에서 나오고 나면 또 그다음 토네이도가 싫어도 찾아오기 마련이거든요.

Plus comment

이별에 힘들어하는 사연을 만날 때마다 먼저 나오는 말은, '그럼에도 불구하고 지나갈 것이다'라는 소리다. 힘겨워하고 있는 사람에게 위로가 될 수 없는 말이란 걸 잘 알면서도 그렇게 이야기하는 건 그게 유일한 진실이기 때문이다. 기억이 가진 슬프고, 동시에 위대한 속성은 시간을 이기지 못한다는 점이다. 어떻게든 흐려지고 잊어진다.

윤상의 〈그게 난 슬프다〉라는 노래에서 박창학 작사가는 '이별 그 자체보다 슬픈 것은 이별의 흔적조차 흩어지기 시작하는 순간'이라고 말한다. 모든 종류의 통증은 인간의 간사함을 확인시켜준다. 죽을 만큼 아플 때는 이것만 벗어날 수 있으면 뭐든 할 수 있을 것 같지만, 정작 그 통증이 사라질 때쯤이면 아픔을 기억조차 하지 못한다. 통증은 한 큐에 마법처럼 사라지는 것이 아니라 안개가 걷히듯 서서히 사라지기 때문이다. 물론, 가슴 한편이 아리는 종류의 이별들도 분명히 존재한다. 그것은 아마도, 그 사랑이 너무나 특별했다는 반증이다.

 수년이 지났음에도 여전히 아픈 이별로 힘들다면, 그건 상처가 아니라 차라리 별이다. 시간과 중력에서 자유로워 언제나 우리가 올려다본 곳에 떠 있는 별. 그러나 우리는, 대부분을 잊어갈 것이다. 그래서 슬프고, 그래서 살아간다.

Part 02

감정의 언어

감정, 누르지 않고 자연스레 곁에 두기

저는 외로움보다는 고독의 감정이 더 무거웠던 거 같아요. 외로움은 견딜 수 없을 때가 있지만 고독은 좀 받아들이게 되고 내 안에 침전하게 되는 기회를 주는 감정인 거 같아요. 어쨌든 우리는 고독이나 외로움을 느끼지 않을 수가 없는 동물이잖아요. 인간이기 때문에 결국 그걸 없애거나 외면할 게 아니라 잘 다스리면서 이 아이를 어떻게 데리고 살까 고민해야 하는 감정들인 거죠.

부끄럽다

'부끄럽다'라는 말은 언제 쓰일까. 뜻하지 않은 상황에 설렘을 느낄 때나 과찬의 말을 들어 어쩔 줄 모르겠을 때처럼 '수줍음'의 다른 말인 경우가 있겠고, 감추고 싶은 마음을 들켰을 때, 거짓말이 탄로 났을 때처럼 '수치스러움' 가까운 때가 있겠다. 굉장히 대비되는 두 상황에 모두 쓰이는 말이다. 그러나 무언가가 쏟아져 나오는 기분이 든다는 공통점은 있다. 수줍은 부끄러움은 대책 없이 미소가 배시시 흩어지는 거라면, 수치스러운 부끄러움은 놓친 도시락 통에서 반찬이 쏟아져 나오는 상황 같은 거랄까.

어쩌면 '부끄럽다'라는 말은, 우리 마음 중에서도 가장 맨살에 닿아 있는 걸지도 모른다. 하나의 막이 드리워져 있어야 할 어딘가가 건드려졌거나, 그 막이 확 걷혀졌을 때의 기분을 묘사하는 말이니까.

그러고 보니 나는 나이가 들어도 여전히 개인으로의 매력을 유지하는 남녀의 공통점으로 '부끄러움을 잃지 않는 점'을 꼽는 편이다. 또 잘못이 밝혀져도 뻔뻔스럽게 구는 사람을 손가락질할 때도 '부끄러움이 없는 자'라고 하지 않던가. 그러니 부끄러움은, 그 말이 쓰일 때가 주로 당황스러운 상황이라 차분히 마주하고 살핀 적이 없을 뿐, 우리가 지켜야 할 아주 소중한 마음에 붙어 있는 말인 거다. 호감 앞에 조심스러운 마음, 굳은살 박이지 않은 양심이 긁히는 마음. 각 마음은 질감과 온도는 다르지만 모두 보들보들한 맨살이 남아 있는 사람만이 가질 수 있다는 점에서 소중하다. 다음에 만나는 '부끄러움'은, 느닷없이 품었다 내팽개치지 말고 잠깐이라도 바라보다 보내줘야겠다.

찬란하다

각기 다른 기억을 끄집어내는 말

가사를 쓸 때 자주 꺼내 쓰는 표현 중 하나인 '찬란하다'. '반짝이다', '빛나다'라는 말이 시각적인 기억을 주로 환기시키는 반면, '찬란하다'는 표현은 내겐 유리조각들이 부딪혀 챙그렁대는 소리가 나는, 공감각적인 그것에 가깝다. 뜨겁게 빛나는 태양보다는, 그 빛이 내리쬐어 물결에 빛나는 모습이 '찬란하다'와 어울리는 것 같다. 아이폰 유저에게 국한된 비유겠지만, '반짝이다'가 일반 사진이라면 '찬란하다'는 1초 정도의 움직임까지 담아내는 라이브포토로 포착될 수 있는 느낌이다.

나는 가끔 세상의 모든 형용사들이 가진 기가 막힌 표현력에 감탄하게 되는데, 이는 주로 발음에서 온다. '반-짝' 하고 말할 때 ㄴ받침을 부드럽게 도움닫기 삼아 '짝' 하고 내뱉는 발음은 무언가에 빛이 닿아서 튕겨 나오는 모습 그 자체인 것 같고, 찬란하다는 말의 실제 발음인

'찰-란'은 '찰'의 받침 ㄹ과 '란'의 자음 ㄹ이 파도 능선처럼 이어지는 기분이 들어 앞서 비유했던 것처럼 햇살이 닿은 물결의 느낌인 것이다. 게다가 '차-' 하면서 시작되는 첫 음절은 퍼져나가는 빛이 혀에서 구현되는 착각이 들지 않는가.

또 다른 비슷한 표현은 '눈부시다'인데, 그 말은 눈이 부신 주체를 전제로 한다. 눈부시다는 말을 소리 내는 것만으로도 해를 바라볼 때 시큰한 눈의 느낌이 떠오르는 건 나뿐만이 아닐 거다. 그러나 '찬란하다'는, 말 그대로 찬란할 뿐이다. 오직 풍경만이 존재한다. 그리고 그 풍경은, 저마다 특별한 전후의 상황을 품고 있다. 단지 눈이 부시거나, 스팽글처럼 반짝이는 기억뿐만이 아니라, 당시에 가진 벅찬 마음도 포함된다는 거다.

'찬란하다'는 표현을 너무 편애한 것 같아 문득 정신이 들었다. 이와 유사한 '반짝이다'와 '눈이 부시다'도 물론 그 고유의 매력이 있다. 다만, '찬란하다'는 표현은 내게 다른 유의어들에 비해 사람들로부터 각기 다른 기억들을 끄집어낸다는 점에서 매력적이다. 제각각인 모양의 아련한 행복들을 집합시키는 말. 이 정도면 작사가로서 편애할 만하지 않을까?

지치다

나 자신을 그대로 인정해줘야 할 때

한때 세상에는 응원이 넘쳐났다. '할 수 있다', '힘을 내라', '곧 해가 뜨니 조금만 더 버텨라' 등등. 최선을 다하면 결과가 나오는 시대가 있었다. 적어도 내가 어릴 땐 그랬던 것 같다. 그때는 도처에 널린 자양강장제 같은 응원의 말들을 보면 불끈불끈 힘이 솟았다. 노래 가사, 광고, 책 제목에도 '저 멀리 환한 미래가 기다리고 있으니 이 악물고 뛰라'고 격려했다. 하지만 언젠가부터 세상의 메시지는 바뀌었다. '지금도 충분하다', '우리는 존재만으로 완전하다', '사소하고 소소한 행복은 도처에 있다'…. 요즘의 '팔리는 말'들은 이런 종류다. 미디어에서 넘치기 시작하는 말들은 대개 지금을 살아가는 이들의 '갈증의 지표'다. 충분히 최선을 다한 많은 이들이 한계에 부딪쳐 숨을 돌리는 때란 뜻이 아닐까.

'지친다'는 말의 앞에는 각자만의 외롭고 긴 시간이 널려 있다. 너무 쉽고 이른 지침이 아니라면, 지침을 느낄 때가 바로 스스로를 인정하고 당근을 줘도 될 때라는 말이다. 말에는 힘이 있는데 이 '지친다'는 말은 그 힘이 유독 세다. '지친다'고 말을 뱉는 순간, 멘탈을 잡고 있던 모든 코어 근육에 힘이 풀리는 느낌이 드니 말이다. 보통 저 말을 뱉으며 주저앉거나 눈물을 터뜨리는 것도 그 때문일 테다.

그래서인지 그 말은 어지간해선 입 밖으로 내기가 두렵다. 소리 내어 말하는 순간 많은 것들이 와르르 무너지는 것과 같은 느낌이 들기 때문이다. 그러나 충분히 달려온 자들이여, 지쳤다고 말하기를 두려워 말기를 바란다. 스포츠 경기의 인저리 타임처럼, '지쳤다'는 말로라도 잠시 휘슬을 불고 주저앉아 쉬어도 괜찮다. 어차피 우리는 또 쫓기듯 일어나 뛸 게 뻔하기 때문이다.

슬프다. 서럽다. 서글프다

아프고, 괴롭고, 외로운

아프고 괴롭고 외로운 말들. 서러움과 서글픔은 내게 슬픔의 하위감정
이다. 즉 슬픔이 집이라면 서러움과 서글픔은 그 안에 있는 작은 방 같
은 거다. 슬프다는 말로 담을 수 있는 감정의 폭은 크다. 영상으로 치
자면 넓은 프레임에 담기는 장면이다. '어감'이라는 것은 고유한 것이
기보다는 그 단어를 사용하면서 얻어진 기억들이 쌓여 만들어진다. 물
론, 단어가 '어감', 즉 그 단어로 인해 떠오르는 감정을 닮았다는 말은
부모가 자식을 빼닮았다는 말처럼 어색하다. 그럼에도 불구하고 최초
에 어떤 감정을 단어로 정의하는 과정에서는 분명 창의적 개입이 있지
않았을까 싶다.

'슬프다'라는 말이 유난히 그렇다. 나는 이슬이 맺혀 뚝뚝 떨어지는
소리가 말로 둔갑해서 '슬프다'가 되는 게 아닌가 싶을 만큼 이 말이 가

진 발음 특성이 감정을 기가 막히게 잘 그려냈다고 생각한다. 이게 창작자의 의도와 전혀 다를지언정, 이런 식으로 단어를 대하는 일은 언제나 즐겁다. 입에 침이 마르면 맛있게 발음되지 않는 말들이 있는데 '슬프다'가 바로 그렇다. 마른 앞니 틈으로 새어나오는 '슬'과 촉촉한 앞니 틈으로 새어나오는 '슬'의 질감을 떠올려보면 이해가 쉽겠다. '픔'의 경우 또한 마른 입술에서 터져 나오는 자음 '피읖'과 달리 젖은 입술에서 나오는 '피읖'은 퐁 하고 터지는 비눗방울 같지 않은가. 물기 없이는 말맛이 덜한 '슬픔'의 발음은 이 감정이 눈물에서 비롯된다는 태생과도 닮았다.

'서럽다'는 말은 슬프다는 말이 담는 아픈 마음을 조금 더 구체화한다. 아이가 우는 모습을 묘사할 때 '슬피 운다'는 말보다 '서럽게 운다'는 말이 더 어울리는 것을 보면 차이가 분명해진다. 서러움은 슬픔이 조금 더 헐벗은, 맨몸의 말 같아서 더 아리다. 누군가의 슬픔 앞에서 그 이유를 헤아리고 싶은 마음이 든다면, 서러움은 일단 따뜻한 집에 들여 밥한 술 떠먹이고 싶은 마음이 든다. 그래서 나는 좀 더 주체할 수 없는 아픔을 표현하고 싶을 때는 슬픔 대신 서러움을 쓴다. 설명 없이 감정을 전달하기에 더 적확하다고 느끼기 때문이다. 어른이 되면 눈물을 참는 법을 알게 된다. 그럼에도 불구하고 눈물이 쏟아져 나올 때, 콧물까지 줄줄 흐르며 꺽꺽대는 밤을 나는 서러운 밤이라고 부를 수밖에 없다.

'서글픔'은 슬픔과 서러움에 비해 어쩐지 시각을 자극하는 효과를 가진 것 같다. '슬픈 별'은 별의 인격화된 감정이 느껴진다면 '서글픈 별'은 홀로 외로이 떠 있는 별을 보며 내가 느끼는 감정이 드러난다. 또 서러움이 아이의 감정 결을 가졌다면 서글픔은 좀 더 성숙한 누군가에게 어울리는 말이다.

중학생 시절, 집으로 가는 할아버지의 뒷모습을 본 장면이 이상하게 잊히질 않는데 바로 그 장면의 제목이 내겐 '서글픔'이다. 서글픈 누군가는 슬픈 누군가, 서러운 누군가와 달리 본인 스스로는 정작 슬프지 않을 수도 있는 가능성이 열려 있다. 서글픔에는, 왠지 모르게 그 풍경에서 느껴지는 애틋한 아픔이 담겨 있다. 즉 나의 감정이 개입된 말인 것이다. 그렇기 때문에 누군가를 서글프게 본다는 문장에는 이전의 히스토리가 담겨 있다. 이미 그 사람을 소중하게 여기는 마음이 없다면 느낄 수 없는 감정이니까.

마음을 방지하지 말아달라는 혼잣말

저는 최근에 울었던 게, 지난주에 야식으로 갈비를 먹던 때인데요. 내 맘대로 뜯기지 않아서 젓가락으로 잡아당기다가 그만 갈비가 땅바닥에 내동댕이쳐졌어요. 그 순간 짜증이 나서, 뭔가 그 전에 쌓여왔던 게 있었는데 그게 빵 터져서 눈물을 흘렸어요. 남이 보면 정말 코믹한 모멘트가 제 마지막 눈물이에요. 근데 참 인간의 설계가 오묘하게 잘 되어 있죠? 눈물이 항스트레스제로서의 역할을 해줘서일까요? 그래서 저도 종종 이야기하는 게 '진짜 어른이 된다는 건 오히려 눈물을 참는 게 아니라 흘려야 할 때 흘려주는 거다'라고 이야기해요. 그게 어떻게 보면 자연스러운 스트레스 관리가 되기 때문인 거 같아요.

기침이 나고 콧물이 흐르는 것은 몸에 들어온 바이러스와 싸운 내 몸이 이를 게워내는 현상이다. 아무도 없는 곳에서 깨끗이 배출해내는 것이 매너가 아닌 필수적인 행동 요건인 이유다.

우리 몸에서 무언가가 '나온다'는 것은 공통적으로 이와 같다. 나가야 할 것이 나올 때, 콧물이든 눈물이든 무엇이든 흐르는 거다. 언제부터 슬픔이 사람들로부터 되도록 감춰야 하는 감정이 된 건진 몰라도, 시도 때도 없이 흐르는 눈물은 나의 '약한' 모습을 온 동네에 소문내는 행동이 되기에 이를 방지하려는 자연스런 방어기제 아니었나 싶다. 그러나 계속해서 눈물을 참는 것은, 격렬하게 운동을 하고 나오는 땀이 흐르지 못하게 온몸을 랩으로 감싸는 것과 같은 일이다. 독소가 밴 피부에 두드러기가 올라오듯, 눈물을 꾹꾹 참아내는 건 힘들다고 외치는 내 마음을 꽁꽁 묶어두는 것과 다를 바 없다.

두드러기만 나면 다행이지만, 문제는 이러다 보면 나중엔 힘들 때 이 걸 어떻게 풀어야 하는지 방법조차 모르는 어른이 된다는 거다. 행위는 정신을 지배하기에, 눈물을 참는 게 습관이 되면 나 스스로 '나는 지금 힘든 게 아니다'라고 속이는 것도 가능해진다. 마음은 그렇게 방치되고, 어느 날 그러다 완전히 고장나버렸을 때 '대체 왜 이런지 모르겠다'면서 고통을 호소하는 일이 허다하다. 이런 경우는 스스로에게 너무 엄격했던 본인에게 그 이유가 있을 확률이 높다.

나를 들여다보고 챙긴다는 것은 정신적으로만 해야 하는 일이 아니다. 그렁그렁 맺히는 눈시울도 내 몸이 내가 들어줬으면 하고 중얼대는 혼잣말이고, 펑펑 쏟아져 나오는 오열은 내가 내게 살려달라고 외치는 울부짖음이다.

밑도 끝도 없이 갈비 하나 때문에 오열했던 날, 아무것도 묻지 않고 일단 조용히 위로해준 남편에게 고마움을 보내며.

묻다. 품다

'묻다', '품다'는 둘 다 침묵의 말들이다. 그리고 가슴속에서 일어나는 일들이다. 씨앗을 묻고 알을 품는 동사로서의 의미는 언뜻 닮은 듯하지만 정서적으로는 꽤나 다른 역할을 한다.

'가슴에 묻는다', '가슴에 품는다'. 모두 마음의 풍경이지만 묻고 가는 것은 주로 아픔이고 품고 가는 것은 연정의 속성을 띈다. 이후의 이야기는 어떻게 떠오르는가. 나는 묻는 것은 그럼에도 불구하고 살아가려는 모습이, 품는 것은 무언가가 내 삶의 일부가 되어 살아가는 모습이 떠오른다. 묻는 것은 생명력이 사그라들길 바랄 수 있고 품는 것은 무럭무럭 자라나길 원할 수 있다. '비밀을 묻고' 가는 것은 그 비밀이 사라져야 해피엔딩이지만, '비밀을 품고' 가는 것은 어찌 되었든 끝까지 가겠다는 선언이다.

분명한 건 둘 다 '차마 어쩌지 못해' 내리게 되는 결정들이라는 거다.

우리는 가슴에 잊어야 하지만 도저히 그리 되지 않는 것들을 묻고, 키우고 싶지만 지금은 그럴 수 없는 것들을 품는다.

두 감정이 충돌하면? 애즈원의 〈원하고 원망하죠〉 같은 아름다운 양가감정의 가사가 나오기도 한다. 결국 소중한 마음에서 비롯되는 서글픈 두 갈래길…. '묻다' 그리고 '품다'.

위로, 아래로

오 늘 그 감 정 은 어 디 서 부 터 왔 을 까

감정이 탄생하는 순간을 상상해보면 단어의 속성이 더 와 닿는 경우가 많다. 어떤 감정은 아래에서 위로 나무처럼 자라고, 또 어떤 감정은 위에서 아래로 비처럼 내린다. 각자의 경험에 따라 다를 수도 있겠지만 나에게 아래, 위로 다르게 탄생하는 감정은 어떤 것이 있을까.

한 예로 '분노'와 '용기'는 아래에서 위로 움직인다. 그러고 보니 '분노가 치밀어 오른다', '용기가 샘솟는다'고들 말한다. 이 두 감정은 공통적으로 작은 것들이 켜켜이 쌓여 일순간 '펑' 하고 터진다는 공통점이 있다.

우선 분노를 자세히 들여다보자. '분노'는 짜증이 난다거나 삐지는 것과는 차원이 다르다. 우리가 분노했다고 표현하는 건, 더 이상 참지 못해 어떤 행동을 하거나 하겠다는 결심을 할 때다. 삐짐이나 짜증이 후루룩 끓어오르는 물이라면 분노는 끓다가 넘치는 물이다. 그리고 단순히 하나의 사안으로 건드려지는 게 아닌, 히스토리가 있는 감정이다. 작은 짜증들이 쌓여, 혹은 나만의 역사로 만들어진 신념이 건드려질 때 우리는 분노라는 걸 한다. 물이 역류하는 건 보이지 않는 곳에 물이 가득 차서인 것처럼, 나의 이성이 감당할 수 있는 한계를 넘을 때 분노는 터져 나온다.

그렇다고 부정적인 감정만 이런 속성을 갖느냐 하면 그렇지는 않다. 용기는 분노처럼 '오르는' 감정이지만, 분노가 주로 외부 자극에 뿌리를 둔다면 용기는 내 안에 쌓인 결심들이 모여 탄생한다. 둘 다 적금처럼 차곡차곡 부어진 감정들이 만들어내지만, 용기는 끝끝내 그 머리채를 끌고 나오는 주인이 '나'라는 데서 결정적으로 다르다. 분노는 우리가 머리채를 '잡히는' 감정이지 쉽게 컨트롤할 수 있는 것이 아니기에, 두 감정은 목적지 또한 다르다. 둘 다 적토마를 타고 달려 나가는 모습으로 상상되는 감정들이지만, 분노로 뛰쳐나간 발걸음은 다시 돌아오는 것이 대체로 옳다면 용기로 도약된 행보는 새로운 곳으로 우리를 이끈다. 재밌는 건, 어떤 용기는 분노에서 비롯된다는 거다. 결국 무엇이 쌓여 터지는 감정이냐에 따라 좋고 나쁜 게 결정되는 건지도 모르겠다.

반면, 사랑과 행복은 비처럼 내려오는 감정들이다. 나의 의지로써가 아니라 누군가 갑자기 연 커튼 너머 햇살처럼 쏟아져 내린다. 계획을 세워 준비할 수 없다는 점도 닮았다. 그렇다면 '내려오는' 감정들은 전부 좋은 것들이냐고 묻는다면 그건 또 아닌 게 슬픔도 비의 속성을 닮았기 때문이다. 사랑, 행복, 슬픔은 모두 '젖어 드는' 감정들이다. 때로는 폭우처럼 우리를 속수무책으로 만들고, 가랑비처럼 어느새 정신 차려보면 푹 젖어 있게 한다. 피한다고 피할 수가 없고, 잡는다고 잡혀지지도 않는 증발성을 띄기도 한다.

쓰다 보니 아래에서 위로 오른다고 느끼는 감정들은 그게 터지든 열리든 내가 그 꼭지를 가진 것에 비해, 위에서 아래로 내리는 감정들은 어딘가에서 열린 꼭지 탓이지, 내 것이 아니라는 차이가 있다. 그리고 이 감정들은 어떤 형태로 탄생을 했든, 결국에는 유기적으로 물고 물린다. 어떤 사랑은 '용기'로 쟁취되고, 그로 인해 '행복'을 느끼며, 지켜야 할 사람 때문에 '분노'하기도 하지 않던가.

소란스럽다

우리는 어떨 때 '시끄럽다', '정신없다'는 표현을 놔두고 '소란스럽다'는 말을 콕 집어 사용할까? 같은 상황을 다른 말로 표현해보자.

'개가 시끄럽게 짖는다.'

'개가 소란스럽게 짖는다.'

나는 '시끄럽게 짖는 개'는 좀 조용히 해줬으면 하는 마음이 들고, '소란스럽게 짖는 개'는 저 개에게 무슨 일이 있는지 궁금해지는데, 당신은 어떤 차이가 느껴지는지?

나의 경우 확실히 '소란스럽다'란 표현은 가사에서 자주 사용했고 '시끄럽다'는 그에 비해 덜 썼다. 물론 큰 이유는 어감의 차이일 것이다. 소란스럽다는 말이 입안에서 매끄럽게 구르는 발음이라면 시끄럽다는 된발음이 섞인 탓에 공격성이 느껴진다. 그러나 단지 어감의 차이만은 아닌 것 같다.

소란스럽다는 말에는 그 풍경을 떠올리게 하는 힘이 있다. 시끄러움
은 그 소동의 주체가 한 곳이라면, 소란스러움은 작은 무리에서 비롯
된다. 또 소란스러우려면 그 주변에는 그와 대비되는 차분한 더 큰 무
리가 있어야 표현이 성립된다. 예컨대 소란스러운 잔치가 열리려면,
그 잔치가 예외적일 만한 조용한 동네가 기본값으로 존재해야 한다는
거다. 또 그 소란함을 받아들이는 '차분한 무리'의 감정은 아마도 짜증
보다는 의아함에 가까울 거다.

가사에서 이 표현을 쓸 때 주로 후회의 감정을 담은 것 같다. 주변의
눈치에 아랑곳하지 않고 기뻐했던 모습, 또는 내게만 대단했던 이별치
레를 소란스럽다고 표현했다. 어떤 후회는 부끄러움과 함께 온다. 나
의 소란스러움을 지켜봤을 불특정 다수의 감정을 떠올릴 때 모래폭풍
처럼 밀려오는 후회, 시간이 지나서 떠오르는 그때의 감정에 대한 거
리감 같은 것을 가사에 담고 싶을 때, '소란스럽다'라는 말을 쓰게 되는
것이다.

'지친다'는 말의 앞에는

각자만의 외롭고 긴 시간이 널려 있다.

너무 쉽고 이른 지침이 아니라면,

지침을 느낄 때가 바로 스스로를

인정하고 당근을 줘도 될 때라는 말이다.

행위는 정신을 지배하기에,

눈물을 참는 게 습관이 되면

나 스스로 '나는 지금 힘든 게 아니다'라고

속이는 것도 가능해진다.

분노가 주로 외부 자극에 뿌리를 둔다면
용기는 내 안에 쌓인 경험들이 모여 탄생한다.

사랑과 행복은

비처럼 내려오는 감정들이다.

누군가 갑자기 연

나의 의지로써가 아니라

커튼 너머 햇살처럼

쏟아져 내린다.

외롭다

오롯이 내게만 집중할 수 있는 시간

외동딸, 외동아들에 붙는 '외'자가 앞에 붙는 말이다. 즉 '혼자', '하나 됨'을 표현한다. 그러나 인간은 사실, 당연히 외롭다. 외로움이라는 말이 가진 서러운 감정을 차치하고서 말이다. 인간은 어찌 되었든 혼자다. 그러나 우리는 사회 속에 살고 있기에, 가끔 착각을 한다. 각자 혼자인 채로 무리지어 살아갈 뿐인데, 마치 둘 또는 무리인 채로가 기본값이라고. 그러다 나를 너무 모르는 측근을 보면, 또는 나만 동떨어진 무리 속에 있을 때 우리는 문득, 외롭다.

'결혼도 했는데 왜 외롭냐'는 질문을 하는 사람은, 나를 정말이지 한없이 외롭게 만든다. 나에게 외로움은 반드시 채워져야 하는 결핍이 아니다. 오히려 오롯이 내게 집중할 수 있는 소중한 감정이다.

삶이 무대라면, 앞서 언급했던 소란스럽다는 말은 관객의 입장에서,

즉 객관적이어야 할 수 있는 말이다. 무대의 주인공이었다가 내려왔을 때 비로소 내가 무대 위에서 소란스러웠음을 알 수 있듯이, 외로움은 무대 위도 객석도 아닌, 무대 뒤에서 느끼는 감정이다. 수많은 역할로 존재하던 내가 아무 장치 없이 혼자임을 느낄 때 만나는 감정. 오랫동안 감당할 수 없는 감정임에 틀림없지만, 우리는 가끔 이런 시간이 필요한 게 아닐까.

싫증이 나다

내 사랑의 진원지를 찾을 수 있다면

좋아하는 음악이 있으면 아껴서 들을 때가 있다. 음악은 무형의 콘텐츠임에도 몇 번을 들으면 싫증이 나기도 한다. 피로도가 쌓여서, 그토록 좋아했던 멜로디가 지긋지긋해지는 거다. 좋아했던 노래가 지겨워질락 말락 해지는 감정은 언제나 서운하다. 그 감정의 주체가 나임에도 서운하다니, 말이 이상하지만 비슷한 경험을 해본 사람이 많으리라 예상된다.

음악이 좋다가 싫어지는 감정은 사랑에 빠졌다 식어가는 것과 비슷한 것 같다. 한눈에 반하듯이 멜로디에 반하고, 보고 싶은 마음을 참을 수 없어 하루가 멀다 하고 데이트를 하듯이 매일같이 음악을 듣다가 결국 비슷해지는 패턴에 찾아오는 권태기, 그리고 싫증. 처음 나를 설레게 했던 그 모든 것이 예측 가능해질 때 마음이 예전과 달라진다는 점에서 꽤 닮지 않았는가.

싫증이라는 감정은 뒤끝이 결코 개운하지가 않다. 가장 좋아하는 장난감에 질려 내동댕이칠 수 있는 건 어린아이일 때뿐이다. 대부분의 싫증에는 죄책감이 따른다. 이런 죄책감이 주는 부채감이 싫어서였는지, 나는 어릴 때부터 무언가에 빠지면 그것을 만든 사람을 쫓는 버릇이 있었다. 〈입영열차 안에서〉를 부르던 김민우를 좋아하다가, 〈추억 속의 그대〉를 부르던 황치훈을 좋아하다가 다른 노래를 부르는 그들에게 아무런 감정을 느끼지 못해 스스로 의아했던 때가 있었다. 그러다 〈시간 속의 향기〉라는 노래를 부르는 강수지에게 푹 빠질 즈음 처음으로 가요프로에서 자막으로 표시되는 작곡가 정보에 눈이 갔고, '윤상'이라는 외우기 쉬운 이름을 발견했다. 이후로 내 마음을 움직이는 한두 곡의 노래에서 그 이름을 연달아 발견하고는 깨달았다. 내가 끌린 것은 이 음악을 만든 사람이 가진 무언가구나.

황금알을 낳는 오리 이야기가 있다. 이를테면 나는 황금알보다는 그걸 낳는 오리를 찾아 곁에 두는 사람인 셈이다. 스스로 가장 축복이라 여기는 취미 습관이다. 이런 식으로 좋아한 이후로 나는 좀처럼 무언가에 쉽게 질리지 않는다. 하나의 노래를 좋아하고 그 노래만 반복적으로 좋아하면 필연적으로 피로도가 쌓이지만, 한 사람의 작곡가가 만드는 곡들은 그렇지가 않다. 좋아하는 노래들을 나중에 알고 봤더니 다 한 사람이 만들었더라는 이야기는 나 말고도 많은 사람들의 간증이 아니던가. 나는 여전히 윤상이 만드는 음악의 어떤 부분이 정확히 나를 자극하는지는 모른다. 그러나 분명한 메커니즘은 있을 것이고, 그것을 낱낱이 파헤칠 마음은 없다. 그가 만드는 음악은 단언하건대 한 번도, 나를 실망시킨 적이 없으니 그걸로 됐다.

무언가에, 또 누군가에게 싫증이 잘 난다면 그건 아마도 '싫증이 잘 나는 성향'이라서가 아니라 잘 마모될 수밖에 없는 부분만 골라서 좋아하는 성향 탓일 수 있다. 싫증이 주는 죄책감이나 불쾌감이 없다면 상관없겠지만, 그런 감정을 느끼는 사람이라면 내가 좋아하는 것들의 공통점을 찾아보는 것을 추천한다. 그것이 사람이라도 마찬가지이다. 아주 구체적이지는 않아도 그 사람이 가진 고유의 결, 태도, 에너지 같은 것을 찾아내어 그게 내 사랑의 진원지임을 인정한다면, 반복되는 패턴에 지루해지는 현상은 줄어들 수도 있다. 내 피부가 아닌, 마음 깊은 곳까지 다가와 툭 건드리는 것들을 구분해내는 것은 나름의 훈련이 필요할지도 모른다.

간지럽다

알 다 가 도 모 를 기 괴 한 행 복 감

내게 가장 기괴한 쓰임새를 가진 말 중 하나는 바로 '간지럽다'는 말이다. 이 기괴함이란 마치, 불가사리가 내게 주는 감정을 닮았다. 불가사리들에게는 정말 미안하지만, 이것의 실물을 봤을 때의 충격을 잊을수가 없다. 분명 동화책 속에서 알록달록 별 모양을 한 신비로운 생명체였는데, 가까이서 보니 전부 이미지발이었던 것이다! 이상한 돌기는 물론이요, 꿈틀거리는 기분 나쁜 움직임(나는 개인적으로 '꿈틀거리며' 움직이는 생명체에 큰 거부감을 느낀다)은 또 어떠한가. 하지만, 그럼에도 불구하고 불가사리는 결국 예쁘다. 알록달록한 별모양의 신비로운 생명체란 건 여전하다.

간지럽힘은 웃음을 낳는다. 이 웃음은 그러나 고통스럽다. 웃음과 연결되어 있어서 익살스럽게 사용되는 걸까. 낯간지럽다는 말은 어딘가

쑥스러울 때 쓰고, 실제로 머쓱할 때 사람들은 어딘가를 긁적이기도 한다. 뱃속이 간지럽다는 표현이 설렘을 설명할 때 쓰이는 걸 보면 행복한 맛이 나는 말인 것 같다가도, 간지러운 감각이 불쾌한 상황과 많이 맞물려 있는 걸 보면 또 그렇지만은 않다. 모기에 물렸다든지, 피부가 너무 건조하다든지, 잘 씻지 않았다든지…. 그러나 고양이가 얼굴을 가까이 댈 때 얼굴에 닿는 수염의 감각도, 내가 좋아하는 돌돌 말린 종이 끝의 감각도, 배시시 웃음이 흘러나올 때를 표현하는 말도 결국 간지러움이니, 기괴하다. 그럼에도 내가 컨트롤이 가능할 때, 달리 말하자면 정도를 조절할 수 있을 때 간지러움은 행복함과 연결이 된다. 어느 정도의 칭찬은 기분이 좋지만 지나치다 싶으면 몸 둘 바를 모르게 되고, 잠깐의 촉감으로는 웃을 수 있지만 너무 오래 지속되면 고통스러워진다. 마치 불가사리가 아름다우려면 내게 어느 정도의 거리가 필요한 것처럼 말이다.

기억, 추억

기억과 추억은 가사에 정말 자주 등장하는 단어들이다. 그래서 쓸 때
마다 더 고민하게 되는 친구들이다. 우선 둘 다 너무 자주 등장하는 탓
에 어지간하면 피하려는 1차 시도를 한다. 예를 들면 '시간', '날들', '장
면' 등이 기억이나 추억이라는 표현을 대신해 자주 활용되는 단어들이
다. 그럼에도 불구하고 둘 중 하나여야만 표현되는 감정이 있기에 그
렇게나 많은 기억과 추억들이 가사 속에 있다. 그날의 내 기분에 따라
골라야 될 만큼 둘의 필요도가 같을 때도 있다. 감정을 크게 툭 건드리
고 지나가는 이야기를 쓸 때가 그렇다. 그러나 미시적으로, 현미경으
로 들여다보듯 세세한 감정선이 주가 될 때는 작은 차이를 두고 저울
질을 하게 된다. 이들은 모두 머리나 마음속에 저장된 시간을 뜻한다.
하지만 '기억'은 '추억'에 비해 감정이 덜 관여돼 있다. 좋은 기억과 나
쁜 기억은 있지만, '나쁜 추억'은 아귀가 틀어져 있는 말이다. 따라서

'추억'은 '좋은, 아름다운' 같은 수식어를 생략하는 것도 가능하다. 즉 이 말을 쓰려는 부분의 멜로디 글자 수에 따라 사용 여부가 결정되기도 한다.

기억은 틀릴 수가 있다. 이소라의 〈바람이 분다〉 중 '추억은 다르게 적힌다'라는 가사는 기억의 속성을 잘 활용한, 거의 명언과 같은 표현이다. 반면에 추억은 틀릴 가능성이 없다. 이미 내가 어떻게 저장하기로 한, 나의 감정이 적극적으로 개입된 결과이기 때문이다. 그 당시 상황이 실제로 좋았든 나빴든, 추억이 되느냐 마느냐의 감독 권한은 전적으로 내게 있다. 뼈아픈 슬픔도 시간이 흘러 추억이 되기도 하는 것처럼 말이다.

추억이 인화되어 액자에 넣어진 사진이라면, 기억은 잘려 나온 디지털 사진이다. 잘리기 전의 상태에 따라 전혀 다른 이야기가 되기도 하고, 확대해서 들여다보면 몰랐던 것들이 튀어나오기도 한다. 지나가긴 했지만 소멸되진 않았기에 앞으로 어떤 모습으로 바뀔지 아무도 모른다. 모든 기억이 익어 추억이 되진 못하지만, 모든 추억은 결국 기억의 흔적이다.

Part 03

자존감의 언어

약해졌을 때는 잠깐 쉬었다 갈 것

자존감은 근육 같은 거예요. 한 번 높아지면 계속 높아져 있는 게 아니죠. 그냥 높아질 때도 있고 낮 아질 때도 있고 그런 것 같아요. 그래서 근육처럼 키워야 해요. 가끔 약해졌을 때는 또 쉬었다가, 다 시 운동해서 키우고, 그렇게 반복하는 거죠.

성숙

애 어른이 자 라 서 어른아이가 되 는 아이러니

'성숙한 아이'라는 말을 들으며 자란 기억이 있는지? 함께 있을 때 논리적으로 맞지 않는 말들이 있다. '성숙하다'라는 말과 '아이'라는 말이 그렇다. 결국 이 말은 아이답지 못하다는 말이며 순전히 어른 입장에서나 '칭찬'인 말이다. 어른들의 골치를 썩이지 않는, 곤란한 상황을 만들어내지 않는 아이. 이를테면 식당에서 큰 소리를 내어본 적이 없거나 선생님의 말에 한 번도 거역하지 않는 아이들을 두고 우리는 성숙하다며 머리를 쓰다듬곤 한다.

칭찬에는 중독성이 있다. 어른도 그런 마당에 아이들에겐 오죽하겠는가. 이 말을 들으며 자란 아이는 점점 '성숙한' 테두리 안에 스스로를 가둔다. 중년 즈음이 되어 사춘기 같은 이상한 정신적 방황을 겪는 이들은 대체로 말썽과는 거리가 먼 '성숙한 애어른'이었던 경우를 많이 보았다. 말썽은 아이가 내 뜻대로 굴지 않는 상황을 두고 쓰는 어른 입장에서의 표현이지, 아이에게는 일종의 갈등이다. 나의 의지와 다르게 상황이 흘러감에 대한 저항, 그리고 혼돈의 표현인 것이다.

사춘기야말로 이런 갈등이 절정에 달한다. 나는 왜 태어났는지, 나의 쓸모가 무엇인지, 부모의 시선과 욕구가 아닌 나만의 욕구는 무엇인지 등에 대한 고민이 만드는 방황의 시간이다. 사춘기란 겪는 청소년과 지켜보는 부모에게도 모두 힘든 시간이지만, 이 시간은 자아가 확립되기에 반드시 필요한 때라는 건 분명해 보인다.

건강한 사춘기를 겪지 않은 사람들이 중년의 위기를 겪는 이유는 이 때문일 테다. 심지어 때가 이미 늦어, 주변에 말하기도 힘든 문제들이라 외로움은 배가 된다. 애어른이 자라 어른애가 되다니…. 이 얼마나 아이러니한가. 애어른 소리 듣기로는 남부럽지 않은 사람으로서 한 가지 희망을 이야기해주자면, 어른애들은 서로를 알아본다는 사실이다. 우리 서로 마주친다면, 다정하게 서로의 자라지 못한 부분을 안아주기로 하자.

나이 든다는 것

"당신 마음의 나이는 몇 살이세요?"라고 물어보면 어떤 숫자가 나올 거 같으세요? 저는 생각해봤는데 그냥 제 나이인 거 같아요. 제가 올해로 마흔하나인데 마흔하나라는 나이를 제가 엄청나게 많다고 스스로 생각하지 않거든요. 나름 성숙한 부분도 있고 미숙한 부분도 있고 그런 나이라고 생각하기 때문에 벌써 '불혹'이라는 말은 정말 옛날이라 붙은 말인 거 같아요.

오히려 주변 친구들을 보면 그 나이보다 훨씬 더 어른스럽게 생각하려고 하는 것처럼 보여요. 40대가 상징하는 그런 나이에 맞춰서 행동하려고 하고 말투도 그렇게 변해간다든가, 아저씨네 아줌마네

하면서 그런 상징성이 오히려 자신을 좀먹는 게 아
닐까 싶습니다.
심지어 누가 더 어리게 생각하든 나이 들게 생각하
든 자유로운 거지만 굳이 상징적인 거에 얽매일 필
요는 없는 거 같긴 해요.

수많은 격언들은 때로 정확하게 서로를 대치한다.

'모르는 게 약이다.' vs '아는 게 힘이다.'

'돌다리도 두들겨보고 건너라.' vs '쇠뿔도 단김에 뽑아라.'

나이에 대한 말도 마찬가지다. 나이는 숫자에 불과하다는 말풍선과 나이에 맞게 행동하라는 말풍선은 뽀득뽀득 소리를 내며 부대낀다.

모르는 게 약이기도, 아는 게 힘이기도 한 것과 마찬가지로 나이를 두고 벌어지는 두 가지 주장 모두 틀리지 않다. 어떤 면에서, 나이는 내게 분명 숫자에 불과하다. 나는 매년 1월 1일 해돋이를 향한 열광에 동감을 하진 않는 사람이다. 늘 그래왔듯 지구가 해를 돌고 있을 뿐인데, 아무리 상징적이라 해도 그걸 보며 나의 염원을 담기엔 동기부여가 부족한 것이다. 나이 앞자리도 마찬가지였다.

스물이 되던 해, 서른을 앞두었던 해, 마흔이 되던 해. 전부 무덤덤했다. 그래서 나는 나이차가 많은 커플을 향한 단정적인 시선에도, 나이에 맞지 않는 옷차림이란 말들에도 쉽게 동의하지 못한다. 시간은 흐를 뿐이고, 그것을 셈하여 붙은 숫자 때문에 취향이나 사랑이 변해야 한다는 점이 받아들여지지 않는다.

나이 듦에는 분명 혐오감이 팽배한 것을 먼저 인정해야 한다. 이는 농담 속에서도 심심치 않게 드러난다. '나이가 들수록 말은 적고 지갑을 열어야 된다'는 말만 봐도 이 문장에 담긴 폭력성을 짚을 구석이 한두 개가 아니지 않은가. '나잇값을 못하고 설친다'는 비난은 얼마나 많은 늦은 용기를 주저앉히던가. (비난이 마땅한 경우일지언정 그 원인은 그 '사람'에게 있지 '나이'에 있지 않다.) 나이 드는 것에 대한 공포감에서 비롯된 방어심리일 수도 있겠지만, 이런 잘못된 프레임이 나이에 씌워지지 않았으면 한다.

그럼에도 불구하고 나이가 결코 숫자에 '불과'한 게 아닌 부분은 전적으로 중력에 있다. 지구가 해를 도는 횟수 기준을 시간으로 쳤을 때 우리는 모두 같은 시간을 산다. 오랜 시간에 걸쳐 중력은 우리를 끌어당기고, 피부는 늘어지고, 뼈는 내려앉으며 근육도 힘을 잃는다. 나는 이런 신체의 노화가 인간에게 주는 메시지가 있다고 믿는다. 돌아가신 나의 외할아버지는 70세 이후로 청력이 많이 약해지셨다. 나중에는 크게 소리치지 않으면 어지간한 대화가 어려울 정도였다. 가족들이 보청기를 권하자 할아버지는 이런 말씀을 하셨다.

"나이가 들면서 귀가 잘 안 들리는 건 다 이유가 있는 거다. 나는 잘 들리지 않아서 평화롭기도 하다."

처음 들었을 땐 그런 말이 어디 있냐고, 아픈 마음을 숨기고 화를 냈지만 이 말은 내게 아직도 각인이 돼 있다. 어쩌면 그때까지도 나이 듦에 대한 나의 주 감정은 혐오나 공포였는지도 모른다. 그러나 그 말을 들은 뒤로, 나이가 든다는 것은 파도를 타듯 자연스러울 때 근사하다는 생각이 들었다. 나이가 들어 육체가 약해지는 데에는 분명, 조금 더 신중해지고 조금 더 내려놓으라는 뜻이 있을지도 모른다는 생각도 그때부터였다. 또 매사에 속도가 조금 늦어지고 일분, 일초를 읽는 감각이 둔해짐으로써 세상을 좀 더 큰 그림으로 읽을 줄 아는 어른이 되는 것도, 어쩌면 신체의 노화 덕일 수 있다는 생각도 했다.

중력이 내게 해주고픈 말을 받아들이면서 다만 너무 아프지 않게 나이 드는 것, 그러나 숫자로 모든 걸 판단하는 우를 범하지 않는 것, 육체의 유한함 앞에 겸허해지는 것, 이것이 앞으로의 내 나이에 관한 바람이다.

꿈

꼭 이루지 않아도 충분히 행복한 것

자연으로부터 상처를 받아본 적이 있다. 구름과 무지개가 그랬다. 청명한 하늘에 뜬 구름은 오감을 동원한 상상력을 자극했다. 특히 '적운'이라 불리는 마치 갓 짠 생크림 같은 구름이 그랬다. 학교에서 가르치는 구름의 실체는 거짓말 같았다.

세상엔 언제나 '애들은 몰라도 돼'야 할 것들이 많았다. 어린이들에게만 비밀이 많은 세상. '흥, 내가 속을 줄 알고?' 이렇게 적당히 속아주는 척을 하고 있다고 스스로 믿던 어린이 시절이 있었다. 내 눈에 보이는 저게 그저 수증기덩어리일 리가 없었다. 선명한 테두리를 가진 새하얀 덩어리, 어릴 때 유독 좋아했던 소프트아이스크림을 먹을 때마다 구름에 혀를 댄다면 이런 맛일 거라고 생각했다. 그리고 과연 저걸 찌르면 크림처럼 푹 꺼질지, 마시멜로처럼 천천히 다시 부풀어 오를지, 비누거품처럼 폭신하게 흩어질지를 상상했다.

어쩌다 그런 구름을 지나는 비행기를 볼 때마다 너무나 부러웠다. '저 안에 탄 사람들에겐 무엇이 보일까. 우유가 끼얹어지는 기분일까. 비행기가 틀림없이 살짝 느려질 거야.' 첫 해외여행을 앞두고 나는 이름도 낯선 나라보다 비행기를 탈 생각에 잠을 설쳤다. 때마침 하늘에 드문드문 뭉게구름이 뜬 날이었다. 완벽했다. 드디어 내가, 저 구름 속으로 들어간다.

그러나 선생님은 맞았고, 나는 틀렸다. 안개가 많이 낀 날의 등굣길과 다를 게 없었다. 분명 저 앞엔 아무것도 보이지 않을 만큼 뽀얀데, 다가가면 내 걸음만큼 달아나던 안개덩어리. 옅은 연기에 불과했던 구름을 통과해본 뒤, 하늘은 예전처럼 설레지 않았다.

무지개의 시작과 끝을 보러 갈 수 없다는 것을 알았을 때도 마찬가지였다. 도대체가 말이 되지 않았다. 어떻게 저렇게 선명한, 알록달록한 색동 테이프를 닮은 무지개가 신기루 같은 거란 말인가. 다행히 무지개는 언제나 아주 멀리에 있어 쫓아가보려는 엄두를 내본 적은 없었기에, 구름이 그런 만큼 심한 팩트 폭행을 당하지는 않았던 것 같다. 그렇게 안개처럼 서서히, 동심의 시절은 지나갔다. 거기에 있지만 거기 있지 않은 것, 당장 손에 닿지 않아도 존재만으로 아름다운 것. 꿈은, 어릴 때 상상했던 구름과 무지개를 닮았다.

'커서 뭐가 되고 싶냐'는 질문을, 대개의 어린이들은 아무런 준비가 되지 않았을 때 받는다. 사실 그때는 '큰다'는 게 어떤 의미인지, '뭐가 된다'는 게 어떤 의미인지도 흐릿하다. 어린 시절 가장 안전한 답변들은 주로 과학자, 변호사, 선생님 등이었다. 안전하다고 느꼈던 이유는 '왜 그러고 싶냐'는 어려운 질문으로부터 비교적 자유로웠기 때문이리라.

언젠가부터 뉴스에서 초등학생의 꿈, 희망 직업으로 연예인, 유튜버 등이 꼽힌다는 소식을 접한다. 그리고 아이들의 꿈이 너무 초라해졌다는 식의 어른들 반응을 종종 본다. 나는 외려 요즘은 그래도 아이들이 직접 꿈을 찾기 시작했구나, 생각했는데 말이다.

아이들은 채 넓혀지지 않은 자기들의 세계관 속에서 돌잡이하듯 꿈을 집는다. 어른들이 깔아놓은 아이를 위한 선택지 중에 하나를 고르는 거다. 놀랍게도 꿈에 대한 강박은 어른이 되어서도 지속된다. 십대들은 아직 꿈이 없어서 걱정을 하고, 이십대들은 꿈을 찾고 싶어 방황한다. 중년들은, 이 나이에도 이렇다 할 꿈도 없어 봤다며 한숨짓기도 한다.

꿈은 어딘가에서 날아온 꽃씨처럼 소리소문 없이 피어났을 때 비로소 꿈이다. 어쩌면 어릴 때 반복적으로 받은 질문 탓에 우리는, 꿈을 목표와 혼동하는지도 모른다. 목표가 지점으로써 존재한다면, 꿈은 장면으로 존재한다. 영화로 말하자면, 목표는 어느 만큼의 관객수를 동원할지, 얼마의 수익을 창출할지 등의 구체적인 '수치'를 다루는 이야기다. 반면 꿈은 미술을 논한다. 어떤 분위기의 장소, 어떤 색깔과 질감의 의상, 또 어떤 종류의 소품에 둘러싸인 주인공…. 즉 나를 상상하는 것이 바로 꿈이다. 훌륭한 목표와 근사한 꿈, 어울리는 수식어도 각각 다르다.

아직 꿈이 없다면 차라리 그대로가 자연스럽다. 꿈은 '좋아하는 것들'이 생겨나고 취향이 생겨나면서부터 자연스럽게 피어나는 것이다. 내 마음이 끌려 탄생한 꿈은 자연스럽게 나를 이끌어 작은 목표들을 만들어준다. 마음이 하는 모든 일이 내 의지와 상관없이 나를 이끌 듯 꿈도 그렇다. 꿈은 목표와 성질이 다르기에, 반드시 이루지 않아도 나를 행복하게 해주기도 한다. 작가가 꿈인 사람은 글을 쓸 때 행복할 수 있다. 행복하기 때문에 거듭 글을 쓴 사람은 자연스레 필력이 늘고, 그러다 본격적으로 목표를 세웠을 때 꿈이 현실이 될 가능성이 높아진다.
내게는 음악이 그랬다. 좋아하는 음악을 들을 때 온몸에 퍼지는 엔도르핀의 기운, 사랑에 빠질 때나 느껴지는 뱃속의 간질거림은 여전히 신비롭다. 그러나 그저 너무 좋았을 뿐 구체적으로 목표를 세운 적은 없었다. 직장인이 되고 나서 자연스럽게 음악 쪽 일을 하고 싶다는 목표가 생겨 아주 먼 변두리에서 중심부로 조금씩 가까워지다 덜컥 지금의 내가 되었다.

작사가가 꿈인 누군가에겐 나의 직업이 구름이나 무지개처럼 닿을 수 없고 그저 근사한 무엇으로 보일 수 있지만, 그건 오래된 하루하루가 만들어낸 결과일 뿐이다. 나는 그저 그런 것들을 바라보며 기뻐하고 열광하다가 지금의 내가 되었을 뿐이니까. 언제 여기서 당신을 만나도 이상한 일이 아니다.

구름과 무지개를 만져보고 맛보고 싶었던 어린이의 꿈은 깨어졌지만, 그것들은 여전히 날 기분 좋게 만든다. 떠올리면 행복해지는 꿈을 갖고 있다면, 주머니 속에 넣고 살아가다가 계속 꺼내보았으면 좋겠다. 당장 가서 만질 수 없으니 별수 없다고 버리지 말고.

유난스럽다

그건 당신이 특별하다는 뜻

주로 비난의 용도로 쓰이는 이 말은 국어사전에 실린 원 뜻으로는 아주 근사한 말이다. '보통과 달리 특별한 데가 있다'(엣센스 국어사전 기준). 이 얼마나 극찬인가!

'유난스럽게 굴지 않음'이 미덕으로 여겨지는 것이 못마땅한 나에겐 여간 반가운 해석이 아니다. 이 말이 부정적으로 쓰일 때 특히 나쁘다고 생각하는 이유는 상대에게 애매한 수치심을 준다는 것 때문이다. 대놓고 무안을 주면 상대의 무례함을 지적할 수도 있고, 함께 있는 다른 이들이 앞서 나를 감싸줄 가능성도 있다. 그러나 이 모호한 한 마디는 이 말을 듣는 단 한 명을 제외한 사람들이 인지하기 어렵게 상황을 유야무야 넘겨버리기 때문에, 들은 자의 상처는 오롯이 혼자만의 것이 된다. 그렇다, 나는 지겹게도 이 말을 들어봤고, 듣고 있는 사람 중의 하나다.

나의 유난스러움이란 대체로 쉽게 요동치는 감정에 있었다. 작은 것에 감동하고 상처받기 일쑤인 나의 성향은, 언뜻 섬세하고 좋은 면인데 뭐가 어떠냐 싶기도 하겠지만 '오버를 한다'는 지적을 받는 경우가 많았다. 초등학교 때 〈있잖아요 비밀이에요〉라는 영화를 봤다. 아마도 이 영화가 내 인생 최초의 감동적인 영화였지 싶다. 이후로도 나는 한동안 하희라(영화 속 여주인공) 씨가 나오는 다른 드라마만 봐도 눈물이 그렁거릴 정도였다. 문제는 이 영화를 학교에서 틀어준 적이 있는데, 영화가 시작되고 얼마 지나지도 않아 이미 스토리를 아는 나는 눈물이 터지고 말았다. 토닥이던 착한 친구들보다 진하게 기억에 남는 건 왜 저러냐며 손가락질하던 몇몇 친구들이다. 이런 순간들이 쌓이면서 우리들은, 감정을 정제하는 법을 익혀간다.

〈슈퍼스타K〉라는 오디션 프로그램에 '울랄라세션'이라는 팀이 나와 우승을 한 해가 있었다. 울고 웃으며 프로그램에 빠져 있던 나는 응원하던 그들이 우승하는 순간을 보며 전에 없던 전율을 느꼈고, 리더인 임윤택이 암으로 세상을 떠났을 때 솔직히 스스로 봐도 '이럴 정도인가' 싶을 만큼 무너졌다.

응원했던 뮤지션의 상실 외에도 이 프로그램을 볼 때 나의 감정 소진은 상당했다. 유난히 우는 장면이 많을 수밖에 없는 프로그램이 오디션 프로그램이고, 이런 프로를 통해 나는 내가 누가 울면 앞뒤 맥락과 상관없이 다짜고짜 우는 사람이라는 걸 깨닫게 되었다. 요즘도 그래서 오디션 프로그램을 즐겨 보지는 못한다. (내가 출연했던 SBS 〈더 팬〉의 경우 이런 부분을 하소연하자 제작진이 '우리 프로그램은 그렇게까지 감정적으로 힘들지는 않을 것이다'고 설득을 해주었고, 실제로 상대적으로 온화한 프로그램으로 막을 내렸다!)

사실 이렇게 울보임을 고백하지만, 내가 이렇게 툭하면 우는 사람이라는 건, 우리 엄마도 이 부분을 읽을 때야 알게 될 것이다. (남편은 안다.) 어릴 때 가진 무안했던 순간들로 인해 놀라우리만큼 발전한 눈물 컨트롤 스킬 덕에 나는 어지간해선 사람들 앞에서 눈물을 보인 적이 없다. 그러나 이걸 참느라 얼마나 에너지를 쏟는지는, 나와 비슷한 성질을 가진 독자들이 있다면 가늠할 거라 믿는다.

수많은 무안한 순간들에도 불구하고, 내면의 유난스러움을 지켜준 나에게 새삼 고맙다. 보통 유난스러운 게 아닌 덕이었는지, 수치심에 취약한 나임에도 불구하고 꺾이질 않았으니 얼마나 다행인가. 그런 나의 성향이 결국, 작사가가 되는 데 큰 몫을 했을 테니 말이다. 생각건대, 유난스럽다고 지적받은 적이 있다면 그 부분이 바로 당신을 빛나게 해줄 무언가일 것이다.

그러니 유난스러운 자들이여, 온 힘을 다해 스스로의 특별함을 지키자.

나이가 든다는 것은 파도를 타듯 자연스러울 때

근사하다는 생각이 들었다.

나이가 들어 육체가 약해지는 데에는 분명,

조금 더 신중해지고

조금 더 내려놓으라는 뜻이 있을지도 모른다.

어딘가에서

꿈은　　　　　　　　날아온

　　　　　　　　　　　　꽃씨처럼

소리, 소문 없이　　　　　　비로소 꿈이다.

　　　　피어났을 때

유난스럽다고
지적받은 적이 있다면
그 부분이 바로
당신을 빛나게 해줄
무언가일 것이다.

호흡

잠들기 전엔 최대한 지루할 것 같은 채널을 틀어놓는다. 편집 포인트
가 거의 없는 다큐멘터리라든지, 내가 하등 관심이 없는 것에 대해 강
연을 하는 프로그램이라든지….

　어느 날, 자장가 용도로 틀어놓았던 프로그램 하나가 잠들려던 나를
일으킨 적이 있는데 바로 명상에 관한 강연이었다. 심지어 핸드폰으로
급하게 메모하며 볼 정도로 흥미로웠는데 기나긴 명상에 관한 이야기
들은 차치하고서라도 가장 인상 깊었던 부분을 얘기해보려 한다.

　내가 명상에 대해 별다른 지식이 없어도 이에 대해 아는 게 하나 있
다면, 명상에 있어 호흡이 굉장히 중요한 역할을 한다는 사실이었다.
실제로 이 프로그램의 강연자는 시청자들에게도 명상을 권유하며 천
천히 들이마시고 내쉬는 호흡에 집중을 해보라고 했다. (내가 처음 이것

을 해봤을 때는 아마 요가를 배웠을 때였는데 호흡에 집중을 한다는 개념이 영 와닿질 않았다. 잠깐 해봐도 지루하고, 심지어 호흡을 의식하기 시작하면서부터 오히려 내 자율신경계가 고장 난 느낌까지 들어 불쾌했다. 자동으로 쉬고 있던 숨을 컨트롤하는 느낌이랄까.)

그래도 한두 번의 선행 연습이 있어서인지 이번엔 제법 집중이란 걸 해볼 수 있었다. 그리고 실제로 몸이 이완되는 경험을 살짝 했다. 명상을 할 때 호흡에 집중하는 것을 초보에게 권하는 이유는, 지금 이 순간, 즉 완벽히 '현재'에 일어나고 있는 일 중에 호흡이 대표적이기 때문이란다. 명상의 목적은 늘 부유하는 잡다한 생각들을 멈추는 데 있다. 이런 생각들 중 대부분은 미세하게라도 과거나 미래에 있다. 다가올 일들에 대한 걱정, 또는 지난 일들에 대한 후회.

참 아이러니하다. 오직 현재로서만 존재할 수 있는 우리인데 정작 생각은 주로 미래나 과거에 갇혀 있으니 말이다. 겪어온 것들(과거)로 인해 생긴 두려움으로 피어오르는 다가올 일(미래)에 대한 걱정.

티벳 승려들처럼 명상의 고수가 아닌 이상, 보통의 사람이라면 떠오르는 생각들을 막을 순 없다. 그럴 땐 가만히 숨을 쉬며 그 생각들을 바라보라고 한다. 신기한 것은 '걱정을 하고 있는 나'를 인지하는 것만으로 실제로 스트레스가 반은 넘게 사라진다는 거였다. 현재의 나를 객관적으로 바라보는 시간을 갖는 것, 어쩌면 명상은 그걸 위해 하는 걸 지도 모른다.

무서운 영화를 보다가 너무 무서울 때 내가 하는 습관이 있다. 화면에 보이지 않는 제작진을 떠올리는 거다. 그러면 방금 전까지 코너에 몰린 듯 두려웠던 감정이 사라지고 오히려 영화가 너무 무섭지 않아서 문제일 지경이 된다. 그럴 거면 왜 무서운 영화를 볼까 싶지만, 그만큼 확실한 방법이란 소리다. 드라마도 마찬가지다. 주인공들은 언제나 갈등을 겪고 위기에 빠진다. 거기서 오는 스트레스가 드라마를 즐기게 되는 요소이긴 하지만, 그들의 엔딩을 작가가 책임져줄 거라 생각하면 스트레스가 확 줄어든다. 주인공들은 대체로 작가로 인해 구원받고 보상받으니까.

나의 인생을 극으로 본다면 작가는 나고 주인공도 나다. 작가가 위기에 빠진 주인공 곁에 같이 앉아 '어떡해, 어떡하면 좋아' 하고 발을 동동 굴러선 안 되는 법이다. 걱정에 빠진 내 인생의 주인공인 나를 위해 작가인 내가 할 수 있는 건 다음 회차로 이야기를 진전시키는 것뿐이다. 내가 할 수 있는 최선을 다하고, 순리에 모든 걸 맡기는 것.

생각에 갇혀 잠 못 이루는 밤, 긴 숨을 쉬어보자. 숨이 나가고 들어오는 것에만 집중해보자. '나는 숨을 쉬고 있다. 이렇게 잘 살아 있다. 걱정에 빠진 나를 구원하기 위해, 가만히 숨을 쉬며 누워 있다.' 이렇게

생각이 정리된 다음, 주인공을 위한 최선의 다음 화를 써 내려가보는
거다. 주인공이 방치될 순 없으니까.

한쪽으로 치우치지 않는 사람

너무 내 탓을 하든 남 탓을 하든, 둘 다 본인한테 정말 안 좋은 거예요. 이것 모두 양날의 검 같아요. 저는 그럴 때마다 자의식을 조절하려고 해요. 뭐가 너무 잘됐을 때 뿌듯함이 덜할 때가 있더라고요. 그때가 자의식 조절에 성공했을 때라는 생각이 들었거든요. 특히 어떤 노래가 잘됐을 때 그게 나 때문이 아니라 작곡가와 가수와 제작자와 팬들과 여러 가지 상황이 모여서 잘된 게 사실이잖아요? 그런데 가끔 내가 너무 잘해서 성공한 기분이 들 때가 있어요. 그것의 함정이 뭐냐면, 일이 잘 안 풀렸을 때 다 나 때문인 거 같더라고요. "내가 이번에 가사를 이상하게 써서 그런 거 같아" 하고 속상해했더니 남편이 의외의 조언을 해주었는데 "그것도 어떻게 보면 일종의 오만이야" 하는데 너무 위로가 됐어요. '그래 맞아. 내가 하나 못했다고 큰일이 되고 말고 할 게 아니지.' 그 이후로 뭘 해도 내 탓을 심하게 하지 않고 잘됐을 때도 너무 오만해지지 않고 적절하게 파도 타듯이 살아가게 된 거 같아요.

필라테스를 시작하고 나서야 운동이란 걸 하지 않으면 육체는 반드시 밸런스를 잃고 뒤틀어진다는 걸 알게 됐다. 나처럼 평소 자세가 좋지 않은 사람이라면 더더욱 말이다. 운동 몇 달 꾸준히 하고 나면 최소 몇 년 정도는 좀 바로 잡혀주면 안 되겠냐는, 말도 안 되는 투정을 부리며 조금이라도 덜 아프고 싶어서 운동을 하러 간다. 나는 왼다리를 오른다리 위로 꼬는 습관이 있다. 그래서 운동을 갈 때마다 반대 방향으로 다리를 움직이는 운동을 하는데, 그럴 때면 '비틀어지는 관성을 가진 내 몸과 평생 이렇게 싸워야 되는구나' 하는 생각이 들곤 한다.

  남 탓과 내 탓의 균형도 이런 몸의 구조와 특성을 닮아 있다. 의도적으로 신경 쓰고, 바로잡아주지 않으면 치우칠 수밖에 없는 자의식 과잉과 결핍의 간극. 세상만사가 그러하듯 완벽히 내 탓인 일도, 남 탓인 일도 없을 것이다. 나쁜 결과를 지울 때는 '탓'이라는 말을 쓰고, 좋은 결과를 지울 때는 '덕'이라는 말을 쓴다. 둘 모두 한쪽에만 치우쳐선 안 된다. 스스로를 야단칠 줄도 알고 치켜세울 줄도 아는 사람이야말로 몸으로 치면 완벽한 밸런스를 유지하는 사람이겠지만, 운동의 원리와 마찬가지로 한 번의 깨달음만으로 유지하기엔 불가능한 일일 것이다. 지금도 한쪽으로 꼬아진 다리를 슬며시 옮겨 꼬아보며, 오늘 나의 중심은 어느 쪽으로 기울었는지 생각해본다.

매력 있다

나를 규정짓는 프레임에서 벗어나기

매력 있다는 말은, 주관적으로 쓰이면서 다수를 공감하게 만들기도 하는 묘한 말이다. 또 다양한 취향들 사이에 있는 중립지역에 사는 말이다. 나의 스타일은 아니어도, 장점이 뭐라고 딱 집어 말하기 힘들어도, 심지어 마음에 들지 않는 부분이 꽤 있음에도 불구하고 확실히 끌리는 부분이 있을 때 사람들은 그 모호한 마음을 '그 사람이 매력이 있긴 하다'라고 표현하곤 한다.

깊은 대화를 나누거나 오랫동안 서로를 지켜보지 않았을 때 우리는 서로를 평면적으로 받아들인다. 그러면서 충분히 상대를 파악했다고 착각하기도 한다.

그러나 어느 우연한 순간에 내가 알고 있던 누군가의 평면적인 모습이 갑자기 입체성을 띠게 될 때가 있다. 진중하고 차가운 줄로만 알았던 누군가의 허당미를 볼 때라든지, 따뜻하고 마음 약한 줄로만 알았던 사람이 일터에서 한없이 카리스마 있고 냉철한 모습을 볼 때라든지…. 누군가를 긍정적으로 평가하는 많은 표현들 중 '매력 있다'는 말은, 한 사람이 가진 여러 면들의 다름이 기분 좋은 밸런스를 이루고 있다는 걸 느낄 때 나오는 말이다. '멋지다', '예쁘다', '착하다'와 같은 말보다 여운이 짙은 말. 누군가를 '매력 있다'라고 표현하는 나의 기분조차 좋아지는 건, 한 사람의 다양한 면을 보게 될 때 느끼는 일종의 해소감 때문이다.

누구나 한 번쯤은 매력 있는 사람이 되기 위해 어떤 노력을 해야 되는지 생각해봤을 것이다. 확실한 건 나를 규정짓고 있는 프레임을 벗고 객관적으로 자신을 바라볼 수 있을 때, 스스로의 매력을 파악할 가능성이 높아진다는 것이다. 그저 MBTI나 남들에게 자주 들은 칭찬 혹은 비난 등으로 나라는 모양을 파악하고 있는 건 아닌지에 대해 생각해보고, 프레임에서 좀 더 벗어나본다면 사각지대에 숨겨진 나만의 매력을 끝없이 발견할 수 있을 것이다.

드세다. 나대다

사 람 을 주 저 앉 히 는 말 에 대 해

드세다는 말을 종종 듣던 때가 있었다. 어릴 적 나는 또래 여학생들에 비해 키도 컸고 덩치가 좋았다. 그 때문인지 초등학교 때는 어지간한 남자 학우 간의 문제를 정리하곤 했다. 사실 이건 나는 기억을 못하고 있었는데, 초등학교 동창 남자 친구가 "어릴 때 네가 나 괴롭히던 아무개 혼내 가지고 우리 엄마한테 데리고 왔던 거 기억나?"라며 당시의 몇 에피소드를 읊어줘서 깨달았다.

'아, 내가 좀 셌었지. 약자를 보호했었다니 다행이군!'

하지만 '너는 여자애가 왜 그렇게 드세니?'란 말을 들을 때의 미묘한 수치심이 생각났다. 드세다는 말은 어린 여자아이를 단숨에 무기력화 시킬 수 있는 힘이 있었다.

걸크러쉬, 쎈언니. 모두 호감의 표현이지만, 그렇기 때문에 더더욱 뿌리 깊게 자리 잡은 우리나라의 남자, 여자에 대한 이미지가 드러나는 부분이기도 하다. 여자는 부드럽고 온화하지 않은 정도만 되어도, 한국에선 쉽게 '쎈언니', '걸크러쉬' 호칭을 얻을 수 있다. 그만큼 여성의 기본값이 은연중에 책정되어 있다는 말이다.

나는 환경이 아니었다면 남녀가 각각 똑같은 기본값의 성질을 가질 거라고는 생각하지 않는다. 신체적인 차이에서 오는 성향의 차이는 어느 정도 있지 않겠나. 그러나 성별에 따른 '모범 성향'이라는 게 없는 이상, 어떤 성향도 유년기에 '잘못된 점'으로 치부되지 않을 테고 그것이 잘 자라 한 사람의 고유한 강점 또는 질감이 될 수 있을 것이라 생각한다. 소극적인 남자 또는 적극적인 여자라서 가질 수밖에 없는 특별함을 발견할 수도 있다. 부러 중성적으로 보이려고, 부러 부드럽거나 강해지려고 애쓰지 않고 스스로를 인정하고 보듬을 수 있을 것이다.

성향의 기본값은, 나의 사회적인 장점과 단점을 파악하기 가장 중요한 요건이다. 지기 싫어하고 적극적이며 덜 얌전했지만 소심하기도 하고 예민한 나의 성향은, 지금 내 자리에 오기까지의 커다란 원동력이었을 테니까. 그 어떤 간섭도 없던 때의 당신의 기본값은, 어떤 모양이었는가?

한편, 앞에 나서기를 좋아하고, 모두가 '네'를 말할 때 '아니오'를 말하는 사람들이 있다. 나에게 도움이 되지 않는 한, 누군가는 그들에게

'나댄다'고 지적한다. 그러면 조용히 있던 무리가 일제히 나타나서 말한다.

"맞아, 쟤는 너무 나대."

나댄다는 말만큼 앞뒤 맥락 없이 찬물 끼얹는 말이 있을까. 순식간에 한 사람은 쭉정이가 되고, '나댄다'며 손가락질하는 이들은 '상식적이고 보편적인 무리'가 되는 마법의 말. 물론 눈치가 너무 없어 자제시켜야 하는 상황도 많지만, 애정을 가진 누군가가 그러고 있다면 우리는 결코 그에게 '너 나대지 좀 마'라고 말할 수 없을 것이다. 아마도 상황을 찬찬히 설명해주고 지금 너의 행동이 합리적이지 않다고 차근차근 설명해주겠지.

나는 세상은 방구석에서 뭐 하나에 꽂히면 거기에 모든 걸 바치는 덕후들과 무리에서 늘 튀어가며 소리쳐준 나대는 이들로 인해 변해왔다고 믿는 사람이다. 온몸에 돌을 맞는 나대는 이가 기존의 틀을 깨어주면, 이전의 세계에서는 이득이 될 게 없었던 무언가에 몰두해온 덕후들이 파놓은 세계가 이를 뒷받침한다. 그 사이 어디 즈음을 부유해왔다면, 적어도 이 양 극단의 사람들에게 어느 정도 빚을 진 셈이다. 그러니 나댄다는 말이 입 밖으로 나오려 할 때마다 틀어막는 걸로 그 빚을 탕감, 아니 더 늘리지는 않도록 해보자.

정체성

나의 본모습이 혼란스러울 때

〈고막메이트〉라는 프로그램을 하게 되면서 알게 된 '싱어송라이돌' 정세운. 이 신조어는 싱어송라이터이자 아이돌스타인 그를 표현하기에 아주 찰떡같다. 속 깊은 친구다. 몇 마디 나눠보지 않아도 어쩐지 차분한 눈빛에서 내가 헤아릴 수 없는 밤들이 느껴졌다. 그런 그의 별명 중 하나가 '팀 정세운'인데, 녹화를 하며 이에 대해 대화를 나누던 중 그가 했던 이야기가 마음에 담겼다.

　그는 예능 프로그램에 나갈 때, 음악을 만들 때, 또 부를 때, 라디오 DJ를 할 때 등의 상황에 따라 다른 자아가 있다고 했다. 누구나 겪을 수 있는, 특히 방송을 하는 음악인은 반드시 겪게 되는 정체성 혼란의 시기를 자기만의 방식으로 해결한 것이다. 그럼으로써 그는 결이 다른 여러 가지 일들을 해내는 데서 오는 스트레스와 타인의 시선으로부터 비교적 자유로울 수 있었다고 했다. 마흔을 넘어, 스물을 갓 지난 친구로부터 답을 얻었다.

우리는 각자 고유한 '나'임에 틀림없지만, 세포분열을 하듯 수많은 상황 속에 각기 다른 '역할'로도 존재한다. 이 역할은 꼭 의무감만이 아닌 무의식으로도 생겨나는데, 초등학교 동창생을 만나면 그때의 모습으로, 직장 동료 모임에선 그 무리에 맞는 모습으로 있게 되는 상황이 이를 증명한다. 심지어 꼭 집단에서뿐만 아니라 누구의 앞이냐에 따라 우리는 조금씩 다른 모습으로 존재한다. 그렇기에 우리는 타인에게 온전히 이해받기 힘들다.

이 모습들을 스스로 인지하지 않으면, 문득 억울하고 외로운 밤이 찾아온다. '왜 내 맘을 아무도 모르지? 왜 나는 강한 사람인 줄로만 알지?' 그건 누구 탓도 아닌, 우리의 '사회성' 때문인데 말이다. 정세운의 말을 잘못 이해하면 진정성이 없다고 받아들여질 수 있지만 그렇다면 큰 오산이다. 모두에게, 모든 곳에서 온전한 나로서만 존재한다는 건 아주 이기적이어야 가능하다. 배려하기에, 사랑하기에, 책임이 있기에, 히스토리가 있기에 우리는 종종 다른 모습을 한다.

나는 방송을 하는 작사가이다. '작사가'라는 정체성은 방송을 할 때 가끔 모래주머니 같았다. 예능 프로그램에서 신이 나서 주책을 떨고 오는 밤엔 어김없이 이불킥을 하곤 했다. (사실은 요즘도 한다.) 그냥 '방송인'이기만 했다면 전혀 문제가 되지 않는 순간들이, 작사가인 나로서 생각하면 왠지 모르게 부끄럽고 과한 것 같은 거다. 그럴 때마다 나는 '팀 정세운'론을 상기하기로 했다.

생각해보니 내가 '작사가'라는 사실은 프로그램에 따라 시청자들에게 그다지 중요한 포인트가 아니다. 특히 게스트가 아닌 진행자 역할일 땐 더욱 그렇다. 게스트가 돋보이면 보는 사람이 즐거운 곳에서 나의 역할은, 메인 MC들을 보조하고 게스트들과 소통하는 것이지 '작사가'로 앉아 있는 게 아니지 않던가. 일뿐만이 아닌 인간관계에서도 마찬가지다. 어떤 이유로든 내게 소중한 누군가의 앞에서, 그에 맞는 나의 역할 또는 모습이란 건 분명히 있다. 가면과는 분명히 다르다. 중요한 건 내가 팀장임을 잊지 않는 것, 그리고 모든 팀원들은 결국 나라는 줄기에서 뻗어난 가지라는 걸 잊지 않는 거다.

한계에 부딪히다

또 다른 가능성과 마주하는 순간

한계에 부딪혀본 가장 큰 경험은 일터에서였다. 하나는 A&R(Arists& Repertoire)*을 하며 프로듀서를 꿈꿀 때였다. 내가 A&R에 관여해서 대박이 났던 곡들이 몇 개 있다. 브라운아이드걸스의 〈아브라카다브라〉, 〈LOVE〉, 가인의 〈돌이킬 수 없는〉 정도가 대히트곡이고 꽤 반응이 좋았던 곡들도 있다. A&R은 프로듀서의 손발 역할을 한다. 프로듀서가 앨범의 방향을 정하면, A&R은 이에 맞는 곡과 가사를 수급하고 작곡가를 매칭하기도 한다. 몇 번의 대박을 겪고서는 '내가 하는 일이 프로듀서와 뭐가 다른가' 하는 생각이 들며 심술 비슷한 마음도 들었다.

문제는 내가 스태프로 참여한 곡이 흥행에 참패했을 때였다. 일이 순조로울 때는 실무자의 공이 빛난다. 그러나 일이 뜻대로 되지 않았을 때, 결과가 좋지 않을 때 그것이 A&R의 책임이 되진 않는다. 그건 전

* 아티스트 발굴, 육성, 음반 제작을 하는 직무

적으로 프로듀서나 제작자의 몫이다.

내가 한 일의 경우 어떤 '결정' 하에서 이루어진 일이었다. 최종적으로 그 곡을 타이틀곡으로 정하는 일은 프로듀서의 역할이고, 어떤 통찰과 계산이 필요한 일이며, 나는 그런 결정을 내리고 책임을 질 능력과 강단은 없는 사람이란 걸 깨닫는 데에는 오랜 시간이 걸리지 않았다.

회사 생활을 할 때 '팀장' 직책을 처음 달았던 적이 있었다. 대리였던 시절, 나는 내가 그대로 조직 내 최고의 자리에 오르게 될 사람이라고 스스로 믿어 의심치 않았다. 일에 대한 열정이나 실무 감각, 열정 등 돌이켜봐도 당시의 나는 자랑스러웠다. 한계는 '관리자급'이 되면서 보이기 시작했다. 팀장이 되고 팀원이 생기면서, 일을 분배하고 인력을 적재에 배치하는 일이 얼마나 어려운지 알게 되었다. 내 손에서 끝나는, 나 하나만 잘하면 되는 일을 하는 게 훨씬 쉬웠다. 지시한 일이 내 뜻대로 되지 않으면 패닉이 오고 결국 팀원들은 할 일이 없고 나만 일을 떠안는 경우가 허다했다. 당연히 팀 전체가 삐꺼덕거렸다. 관리자로서의 능력이 턱없이 부족하다고 깨달았던 그때 사표를 냈다. 작사가로서 자리를 잡을 때쯤인 탓에 쉬운 결정이기도 했겠지만, 내심 내상이 있었다.

그러나 그럼으로써 '나 혼자 잘하면 되는 일'의 소중함을 느끼고, 작은 부분의 디테일을 잘 보는 나의 장점을 살릴 수 있게 되었다. 물론 한계에 부딪힌다는 것은 될 때까지 해보는 노력 끝에 할 수 있는 말이다. 해보고 또 해보다 결국 인정하게 되는 쓸쓸한 말이기도 하다. 그러나 인간은 누구나 어떤 부분에 한계가 있으며, 그 한계의 '벽'에서 뒤돌아봐야 알 수 있는 나만의 가능성이 있다. 즉 한계에 부딪힌다는 건 또 다른 시작이라는 말도 된다.

그러하기에 나의 잠재력과 가능성을 알아주는 누군가를 만나는 건 엄청난 행운이다. 이 말은, 스스로는 깨닫기 힘든 부분이 잠재력 그리고 가능성이라는 뜻도 된다. 땅 끝에 닿아본 사람만이 지도를 그려낼 수 있듯, 한계치에 닿아본 사람만이 스스로의 역량을 파악할 수 있다.

겁이 많다

겁이 적으로 늘 강한 사람들

겁이 많은 사람을 좋아한다. 이는 '겁이 많은 자들이 섬세할 것이다'와 같은 이유 때문은 아니다. 결국 겁이 많은 자들이 강하기 때문이다.

거칠 것 없고 무모한 성향은 청춘, 특히 다수의 남성들이 바라는 질 감이다. 그런 성향이 '언뜻' 강해 보이기 때문이리라. 그러나 무모한 자 들은 뼈아픈 실패를 겪지 않았거나, 그 실패들이 남긴 데이터를 망각 했기 때문인 경우가 많다. 걸음마를 막 뗀 아기들은 겁이 없다. 그래서 넘어지고, 다치고, 데이며 때로는 악의 없이 난폭하다. 나는 겁이 없는 사람들의 어디로 튈지 모르는 부분이 물가에 내놓은 아이의 그것처럼 보여 늘 불안하다.

겁이 많다는 건 단순히 벌레나 귀신을 무서워하는 그런 것만의 이야 기가 아니다. 겁이 많은 자들은 지켜야 하는 것들의 가치를 아는 자들이다. 또 자신과 얽힌 사람들에 대한 책임감, 일에 대한 신중함이 있는 자들이다. 수비에 총력을 다하는 축구팀의 경기가 지루할지언정, 그들은 결국 강하다. 삶에 있어 충동보다는 지구력으로 대처하는 이들, 그 중에서도 '나는 겁이 많은 편이야'라고 스스로 말하는 사람들은 더욱 호감이다. '겁이 없음'을 매력적인 무기로 휘두르지 않는 그들은, 결과적으로 늘 강했다.

이상하다

있 는 그 대 로 를 바 라 볼 수 있 길

큰 키에 호리호리한 몸, 세련된 이목구비에 이상한 춤과 노래를 하던 사람이 있었다. 온라인탑골공원에서부터 시작해 인기 역주행을 하고 있는 양준일의 이야기다. 그의 데뷔 연도가 1991년이니 내가 초등학교, 당시 국민학교 6학년 때다. 그 나이에 대단히 단단한 편견이나 선입견이 서지 않았을 법도 한데, 내 눈에 그는 확실히 '이상했다.'

익숙하지 않은 선으로 움직이는 몸짓과, 아무리 가사를 음미하지 않을 때라 하여도 괴이했던 가사 ('가나다라마바사, 너와 나의 암호말' 등) 그리고 낯선 옷차림과 헤어스타일…. 양준일은 오히려 그를 텔레비전으로 본 적이 없는 어린 친구들 사이에서 화제가 되기 시작했다. 이 시대에 이렇게 세련된 사람이 있었냐는 반응이 쇄도한다는 소식을 듣고, 내 기억을 더듬으며 유튜브를 켰다. '요즘 친구들은 희한하면 세련되어 보이나 보군' 생각하며.

웬걸. 내 기억 속의 '이상한 사람'은 단지 젊은 층에서의 현상이 아닌, 가공할 만큼 멋진 사람이었다. '멋지다, 잘생겼다, 세련됐다'는 표현은 어딘가 아귀가 맞지 않아 머릿속 사전이 돌아갔다. 그리고 문득 '딸깍' 하고 맞춰지는 표현을 만났다. '아름답다'. 오래된 화면 속 그는 실로 아름다웠다.

물론 당시에도 그가 인기가 없었던 건 아니다. 그러나 호불호가 갈려도 너무 심하게 갈렸다. 그는 확실히 사랑받거나, 확실히 거부감을 불러 일으켰다. 〈슈가맨〉이라는 예능프로그램에서 그를 만날 기회가 있었다. 그의 입에서 직접 듣는 당시의 상황은 내 기억보다 훨씬 선명히, 그리고 구체적으로 잔인했다. 대중의 호불호는 물론이거니와 그는 업계에서조차 '왕따' 취급을 받고 배척당했다고 한다.

내가 '아름답다'고 말하는 인물들은 대체적으로 남성성이나 여성성으로부터 자유로운 분위기를 풍긴다는 공통점이 있다. (가만 보면 슈퍼스타들이 대개 그렇다. 마이클 잭슨이라든지, 마돈나라든지.) 당시 판매되는 남자 옷들은 양준일이 상상하는 실루엣이나 동작을 표현하기에 어울리지 않아 큰 사이즈의 여자옷을 구해 입었다고 한다. 그가 활동하던 때는 '호모'라는 말이 혐오표현이라는 인식도 없이 흔히 쓰일 시대이니, 여자 옷이나 입는 남자라며 대놓고 손가락질해도 되는 사람 취급을 받았을 테다.

그는 당대 최고의 안무가가 만들어주는 춤을 거부했다가 댄서들에게 보이콧도 당했다고 한다. 그 덕에 그의 무대는 지금 보아도 세련되었다. '동작'은 유행을 타지만, '표현'은 그렇지 않기 때문이리라. 그는 가사를 표현하는 몸짓을 취하는 것이 무대라 생각했다고 한다. 그가 표현하고자 하는 바는 분명했고 그걸 받치는 요소들은 완벽했기에, 수십 년이 흘러 시대적 편견에서 벗어난 그의 무대는 이토록 칭송받고 있는 것이다. 시간이 흘러도 사랑받는 작품은 결국 그런 본질에서 탄생하는가 보다.

사람은 본인 고유의 색깔을 가져야 한다고, 특별한 나만의 무언가가 있어야 한다고 늘 말하곤 한다. 그러고는 정작 그런 사람을 만났을 때, 본능적으로 배척한다. 이것은 낯선 생명체를 거부하는 동물적인 본능에서 기인한 습성이겠지만 우리는 인간이기에 그 본능을 이성으로 거를 수 있어야 함에도, 자주 그러기를 실패한다. 그리고 반짝이는 그 특별한 사람을 성의 없는 한 마디로 정의해버린다. '이상하다!'
얼마나 아름답고 소중한 것들을 많이 잃어봐야 우리는 그것들을 있는 그대로 바라볼 수 있는 판단력을 가질 수 있을까. 앞으로 살면서 우리는 아마도, 수없이 많은 '이상하다'는 말을 툭 하고 내뱉게 될 것이다. 그때마다 그 말을 '특별하다'고 대체하는 것만으로도, 좀 더 많은 아름다운 것들을 음미하며 살 수 있게 될지도 모른다.

나의 인생을
극으로 본다면

작가는 나고
주인공도 나다.

걱정에 빠진
내 인생의 주인공인
나를 위해

다음 회차로 이야기를 진전시키는 것뿐이다.

작가인 내가
할 수 있는 건

누군가를 '매력 있다'라고 표현하는 나의 기분조차 좋아지는 건,

한 사람의 다양한 면을 보게 될 때 느끼는 일종의 해소감 때문이다.

모두에게, 모든 곳에서
온전한 나로서만 존재한다는 건
아주 이기적이어야 가능하다.
배려하기에, 사랑하기에,
책임이 있기에,
히스토리가 있기에
우리는 종종 다른 모습을 한다.

인간은 누구나
어떤 부분에 한계가 있으며,
그 한계의 '벽'에서 뒤돌아봐야
알 수 있는 나만의 가능성이 있다.
즉 한계에 부딪힌다는 건
또 다른 시작이라는 말도 된다.

살아남다

영원히 근사한 채로 버텨낼 순 없다

음악 업계에 처음 발을 디뎠을 때 음향 엔지니어 경력 20년 차 선배에게 물은 적이 있다. 이곳에서 성공하려면 어떡해야 되는 거냐고. 그러자 기대에 비해 초라한 답이 돌아왔다.

"그냥 살아남으면 돼. 그게 다야."

시시하게 그게 뭐야. 영감을 찾아 끊임없이 자유로우라든지, 어떤 책을 읽어보라든지, 하다못해 자신의 소소한 무용담이라도 들려줄 줄 알았던 나는 맥이 빠졌다. 좀 더 솔직히 말하면 그 선배가 살짝 무능해 보이기까지 했다. '살아남는다'는 말은 꾸역꾸역 버틴다는 말로 들렸다. '꾸역꾸역'이라는 표현을 붙일 만큼 구차하고 초라한 모습이 떠오르는 말이었다. 사람 많은 배에 억지로 몸을 욱여넣고 비루하게 항해를 하는 사람이 상상되기도 했다.

그러나 그 말은 묘하게도, 5년 차, 10년 차가 될 때마다 새삼스럽게 떠올랐다. 나는 '살아남았고', 그러기 위해 많은 것들을 했다. '살아남는다'는 말은 단순히 존재감 없이 그럭저럭 발을 걸치고 있다는 말이 아니라는 것을, 스스로 살아남아보며 깨달았다.

　나를 살아남게 해준 순간들이 있다. 좋은 가사를 써내기 위해 머리를 쥐어짜고 고뇌하는 순간 같은 걸 말하는 게 아니다. 그보다는 가사가 잘 나오지 않을 때, 슬럼프가 찾아올 때, 밀려 나가지 않으려 버틸 때 등의 초라한 시간들이 내가 살아남을지 아닐지를 결정해주었다. 가사가 잘 나올 때에는 세상 무서울 게 없다. 앉은 자리에서 서너 개씩의 가사가 쏟아져 나오던 때에는 오는 일을 하느냐 마느냐 선택의 문제만 있을 뿐 고민할 게 없다. 문제는 내가 본 어느 누구도, 이런 컨디션이 늘 유지되지 않는다는 것이다.

　그 실체가 무엇인지 알 수조차 없는 '감'이라는 것이 떨어지면, 창작을 하는 사람들은 속수무책이 된다. 감이란 게 있을 때라 쳐도 그 감이 통하는 '때'가 있을 뿐, 나이가 들면 새로운 세대가 보기에 낡고 촌스러워 보이는 것이 바로 이 '감'으로 하는 일들이다. 시대를 알 수 있는 대표적인 지표는 패션이다. 90년대 패션, 80년대 패션으로 묶여지는 스타일에는 해당 시대가 인장처럼 새겨져 있다. 패션처럼 눈으로 보이지는 않지만 시간의 흐름을 예민하게 타는 것이 바로 '언어'다. 젊은 가사를 젊을 때 쓰는 것과, 젊은 가사를 쓰려고 썼을 때 나오는 언어의 질감은 확연히 다르다. (어르신들이 애써 젊은이 행세를 하며 인터넷에 글을 쓰면 모두가 알아볼 수 있지 않던가.)

나이가 들면서 내 언어의 나이 듦을 인정하던 순간은 유쾌하지 않았다. 자괴감에 빠졌지만, 인정해야만 했다. 돌아보면 쉬운 일이지만, 닥치면 어려웠던 모든 일들은 이 '인정'이었다. 나의 한계를 느꼈을 때, 더 이상 힘으로 밀어내는 건 객기일 뿐이라는 걸 인정하는 것. 그렇지만 나이가 들었기에 쓸 수 있는 이야기들이 있었다. 감각적인 가사로는 더 이상 대표작을 내놓지 못한다면 나는 어떤 이야기를 쓸 수 있을까. 고민의 방향을 바꾸니 다시 달려볼 힘이 생겼다. 이때 즈음 나왔던 게 이선희의 〈그 중에 그대를 만나〉 같은 타깃 연령대가 조금 더 높아진 가사였다. 노래가 사랑받으며 다시 한 번 자신감이 생겼고, 혼자만의 2막을 연 기분이 들기도 했다.

그리고 되도록이면 좋은 사람이 되려고 노력했다. 음악도 결국엔 사람들이 하는 일이다. 일은 너무 잘하는데 인성 이슈가 있는 사람들은 앞서 말한 '감'이 떨어짐과 동시에 낙오되는 것을 수없이 목격했다. 그러나 실력 있는 일꾼으로 날아다닐 때 나쁜 사람이 되는 건, 그 사람의 본성 탓이 아닐 때도 있기에 마냥 비난할 수만은 없다. 일이 잘될 땐 평소보다 몇십 아니 몇백 배의 사람들이 꼬이고 그중에는 내게 해로운 사람이 태반이기에 고슴도치처럼 날카로워질 수밖에 없다는 걸, 나는 안다.

게다가 자신감이란 건 가지를 종종 쳐주지 않으면 오만이 되기 십상인데, 이 밸런스를 잡는 일이 생각처럼 쉽지가 않다. 한 번 아쉬웠어도 다시 한 번 찾을 수 있는 사람이 되고 싶었다. 한두 번 오지 않기 시작하면 영영 기회가 오지 않는 곳이 프리랜서 업계의 현실이니까. 괜찮은 인간이 되고픈 마음 한편엔 생존본능이 있는지도 모르겠다.

마지막으로는 자존심을 부리지 않으려는 노력이었다. 무례한 클라이언트에게 일침을 날리지 못하고 웃어버린 순간, 음악 관련 일을 전혀 하지 않았던 돈 많은 제작자가 가사를 가지고(빨간 펜으로 줄을 그어가며) 감 놔라, 배 놔라 할 때 그 요구를 들어주는 시늉을 했던 순간들이 얼마나 많았는지…. 모든 일이 그러하듯 좋은 클라이언트랑만 일할 수는 없는 노릇 아닌가. (돌이켜보면 그건 행운에 가깝다.) 작품 하나가 아쉬운 커리어일 땐 더더욱.

15년 전쯤 업계의 중심에 있었고, 지금도 여전히 그곳에 있는 사람들을 많이 알고 있다. 다른 파트의 일들을 이해하기에 존중하고, 배려할 줄 아는 사람들이고 기분 좋게 떠올릴 수 있는 이름들이라는 게 공통점이다. 또 자존심은 너덜너덜해졌을지언정 자존감은 단단하게 자리 잡고 있는 아우라를 갖고들 있다. 감이라는 건 비단 창작업에서만 해당하는 게 아니다. 모든 일에 있어서 유난히 수행 능력이 빛나는 때가 있다. 그때가 바로 감이 좋은 때다. 감은 영원하지도 않지만 한 번 왔다 가면 영영 돌아오지 않는 것도 아니었다. 다만 다시 한 번 돌아왔을 때 그것을 펼칠 기회가 오느냐 마느냐의 문제일 뿐, 그리고 그건 내가 어떻게 살아왔느냐에 달려 있다는 것.

내 지난날들엔 비굴하고 비참했던 순간들이 많았다. 모르긴 몰라도 저렇게까지 해야 하나 하는 시선도 많았을 것이다. 중요한 건, 빛나는 재능만으로는 할 수 없는 게 '살아남기'라는 것이다. 금 밖으로 나가면 게임이 끝나는 동그라미 안에서 변두리로 밀려나 휘청거리게 되는 순간들이 있었고, 아마 앞으로도 몇 번은 더 올 것이다. 그때 볼품없이 두 팔을 휘저어가며 다시 균형을 잡으려고 애쓰는 것, 그 멋없는 순간 스스로 겸연쩍어 선 밖으로 나가떨어진다면 잠깐은 폼날지언정 더 이상 플레이어가 될 순 없다.

기억하자. 오래 살아남는 시간 속에 잠깐씩 비참하고 볼품없는 순간들은 추한 것이 아니란 걸. 아무도 영원히 근사한 채로 버텨낼 수는 없단 걸.

창작하다

영 감 과   체 력 의   긴 밀 한   관 계

"영감을 어디에서 받나요?"

창작을 업으로 삼은 이들이 아마도 가장 많이 들을 질문이다. 이런 질문을 받을 때는 늘 곤혹스러웠다. 주절주절 '사실 영감이라는 게 별거 없습니다'라면서 일일이 설명하기엔, 정말 다양한 루트로 그때그때 얻는 게 영감이었기 때문이다. 그러나 요즘엔 굉장히 명확해졌다. 그래서 자신 있게 대답한다. "영감은 체력에서 옵니다."

20대는 물론이요, 30대 중반까지만 해도 영감이라는 것은 여기저기서 채집한 느낌들이 나의 어딘가와 만나서 탄생하는, 그러니까 결국 내 안에서 우러나오는 어떤 것이라고 믿었다. 30대 중반 언덕을 넘길 때쯤, 가사가 예전 같은 속도로 나오지 않는 시기가 있었다. 이때 나는 오만하게도 '감이 떨어졌구나' 생각을 했다.

그게 아니라는 걸 깨닫는 것은 겸허해짐과 동시에 안도감이 느껴지는 일이었다. 운동을 시작하고, 제대로 된 것을 먹기 시작하면서부터 다시 예전의 감각이 돌아온 것이다. 생각해보면 당연한 일이었다. '뇌'라는 것은 결국 몸뚱이의 일부이니 피가 쌩쌩 돌고 산소가 공급되어야 원활히 돌아갈 터이고, 튼튼한 몸이 받쳐주는 지구력으로 버티는 시간이 있어야 '영감'이라는 게 오더라도 잡을 기력이 있는 것이다. (건강이 자산이라는 말…, '젊은이'로 분류되는 나이에는 얼마나 의미 없는 말이던가!)

영감뿐이랴. 새로운 걸 시작하고 싶은 의지, 힘든 일을 긍정적으로 바라보는 근성, 새로운 기회가 오기까지 잠복하고 버티는 힘…. 모두 결국 체력에서 나온다. 우리에게 가장 중요한 것들은, 이미 주어져 있는 게 많다. 다만 그것을 얼마나 소중히 여기고 다루느냐에 따라 내일의 질이 달라질 뿐이다.

쳇바퀴를 굴리다

일상의 반복이 알려주는 특별한 하루

'난 참 바보처럼 살았군, 쳇바퀴 속을 돌고 있었군.'

써니힐의 〈베짱이 찬가〉 가사 중 일부이다. 내가 쓴 가사이지만, 나는 정작 쳇바퀴 속에서 행복을 느끼는 유형의 인간임을 고백한다.

'쳇바퀴처럼 굴러가는 인생'이라는 말은 주로 비관적으로 쓰인다. 그도 그럴 것이 모든 것에 있어서 '패턴'이 만들어지는 순간 설렘과는 이별이기 때문이다. 연애도, 음악도 다음을 예측할 수 있을 때 지루해진다. 또한, 패턴이 남발되는, 클리셰 범벅인 드라마는 사랑받지 못한다. 우리가 세상을 보는 태도는 의외로 이런 관용구들이 좌지우지하기도 한다. '쳇바퀴'라는 표현이 인생을 비관하는 용도로 쓰이면서부터 '반복되는 일상'이란 것은 멋도 맛도 없는 시간의 배열이라고 생각하게 됐을 수 있다는 말이다. 그러나 쳇바퀴 같은 삶은 정말 불행한 걸까?

인간은 안정된 삶을 누리기 위해 오늘을 포기하는 동시에, 그 안정이 오면 회의감을 느낀다. 나는 내심 쳇바퀴같이 돌아가는 스케줄 속에서 행복감을 느끼는 내가 어딘가 잘못된 것만 같아서 이런 말을 하지 않던 때가 있었다. 멀리서 보기에 다채로워 보일 수 있지만, 내 일상은 요일별로 정확히 정해진 루틴으로 반복된 지 오래다. 물론 육체적인 피로도 때문에 이 쳇바퀴가 문득문득 숨이 막힐 때가 있다. 그럴 때마다 내가 떠올리는 건 언젠가 깨달은 이 생각이다.

'나는 이 쳇바퀴를 만들기 위해 그토록 열심히 살았다.'

예측 불허의 내일들이 펼쳐져 있는 시간은 막상 그곳에 있을 때는 주로 암담하다. 아마도 이건 내가 모험가 유형이 아닌 성향 탓도 있겠지만, 불안의 가장 보편적인 원인은 알 수 없는 내일 때문 아니겠는가. 그러니 내가 별난 건 아닐 것 같다. 단지 '쳇바퀴'라는 단어가 가진 어감으로부터 자유로워지느냐 마느냐의 차이가 아닐까.

특별한 하루라는 것은 평범한 하루들 틈에서 반짝 존재할 때 비로소 특별하다. 매일이 특별할 수는 없다. 거대하게 굴러가는 쳇바퀴 속에 있어야만, 잠시 그곳을 벗어날 때의 짜릿함도 누릴 수 있다. 마치 월요일 없이 기다려지는 금요일이란 있을 수 없는 것처럼 말이다.

영감

행 운 이 아 닌 인 내 가 필 요 한 일

영감은 섬광보다는 네잎클로버를 닮았다. 클로버 무더기가 있다면 그 안에 네잎클로버는 무조건 하나쯤은 있기 마련이다. 네잎클로버를 발견하는 일은 엄청난 행운같지만, 그 앞에 쪼그려 앉아 눈이 아프도록 찾아 헤맨 시간과 노력의 결과일 뿐이다. 창작자들은 구구절절 말을 하지 않지만, 걷고 이야기 나누고 누워 있고 유튜브 따위를 보는 모든 순간, 머릿속 한편에 '해야 할 일'의 회로가 쉼 없이 돌고 있을 것이다. 그러다 어느 순간 어느 요소가 이야깃거리의 단초가 되어 생각이 술술 풀리기 시작한다.

 '한 시간 정도 넷플릭스를 보다가 감자칩을 먹고 있었어요. 그러다 낮잠을 두 시간 잤나. 그런 다음 친구랑 30분 정도 무의미한 카톡을 나누는데 그때 그 친구가 보낸 단어에서 영감을 얻었어요'라고 대답할 수 없기에, 영감은 늘 축약본의 형태로 알려진다. 그러니 '영감이 떠오르지 않는다'고 쉽게 좌절할 이유는 없다. 그것이 설령 후질지언정, 기다리는 자에게 영감은 반드시 찾아온다.

기특하다

핑클의 〈캠핑클럽〉을 보는데 이런 장면이 나왔다. 캠핑카를 운전하던 이효리가 갑자기 멤버들에게 이야기를 꺼낸다.

"얘들아. 아까 우리 자전거 탈 때, 너네 그늘에 있으라고 내가 그늘 좀 밖에 있었던 거 알아? 나는 내가 너무 기특했다? 이런 기특한 순간이 많아지면 그게 자존감이 되는 것 같아."

글로 옮겨 적으니 너무 생색을 낸 것 같지만, 실제로는 이효리 특유의 넉살이 섞인 유쾌한 장면이었다. 어렴풋이 품고 있는 생각을 누군가 구체적으로 말해줄 때 오는 쾌감이 있다. 내게는 이 장면이 그랬다.

몇 년을 주기로 단어는 유행을 탄다. 힐링, 웰빙 같은 것들이 대표적이다. 시대가 어렴풋이 필요로 하는 무언가에 제목이 붙여지면, 그 단어는 한동안 수많은 문화를 지배한다. 요즘 그런 단어가 바로 '자존감'

이다.

자존심과 자존감의 차이는 개인주의와 이기주의의 차이만큼이나 크다. 자존심이 꺾이지 않으려 버티는 막대기 같은 거라면, 자존감은 꺾이고 말고부터 자유로운 유연한 무엇이다. 자존심은 지켜지고 말고의 주체가 외부에 있지만 자존감은 철저히 내부에 존재한다. 그래서 다른 누가 아닌 스스로를 기특히 여기는 순간은 자존감 통장에 차곡차곡 쌓인다. 선행에는 누군가에게 보이기 위한 욕망이 부록처럼 딸려온다. 어릴 때 칭찬에 길들여졌을 수많은 사람들의 자연스러운 내성이고, 특별히 나쁠 것도 없는 점이기도 하다. 그러나 선행이 누군가의 칭찬과 거래되는 순간 자존감 통장에는 쌓일 것이 없다. 나의 대견함을 '알아주는' 주체를 타인에게 넘겨 버릇하는 게 위험한 이유다.

내가 생각하는 스스로가 대견한 순간은 굉장히 작은 것들이다. 철저히 분리수거를 하는 것, 어리숙한 알바생의 실수에 긴장을 풀어주기 위해 소소한 말을 건네는 것, 플라스틱 줄이기 운동에 동참하는 것 등등의 사소한 것들이 바로 그런 거다. 나의 존엄을 가꾸어 나가는 일은 결코 거창할 필요만은 없다. 존엄이라는 말의 무게 때문에 창씨개명에 맞서고 인권운동에 삶을 바치는 정도는 되어야 하는 것 같지만, 내가 생각하기에 존엄한 사람들은 일상 속 하찮은 순간들이 정갈한 이들이다.

이 정도는 당연하다 생각해서 스스로를 칭찬해주지 않았던 깨알같

은 장면들이 누구에게나 있을 것이다. 그러니 고요히 자신을 토닥여주
는 습관을 가져보자.

Radio record

나를 지켜주는 말

2019년, 꿈꿔온 라디오 DJ가 되었던, 설렘 가득했던 첫해.

라디오 〈김이나의 밤편지〉에서 청취자들과 나눴던 단상의 기록이다.

결정

여러분들은 무언가를 결정함에 있어서 어떤 편이세요? 저의 경우는 결정이 너무 어려울 땐, 아예 단순한 선택을 하게끔 만드는 케이스인데요. 예를 들어 뭘 골라야 할 때 아예 선택지를 많이 주지 않아요. 심지어는 가장 많은 고민을 겪는 단계가 결혼할 때 드레스 같은 거 고르고 그럴 때인데, 저는 처음 들어간 데서 한두 번째 입어본 걸 그냥 골랐고요. 집을 볼 때도 여러 군데를 보면서 다니면 저는 결정을 못해요. 그래서 그냥 뭐 이 정도면 나는 감사히 살 거 같고 마음에 든다 하고 결정해요. 최대한 비용에 맞춰서 최선인 것을 고르고 첫 번째 봤을 때 문제가 없으면 다음 옵션을 보지 않으려고 합니다. 나름 저의 팁입니다. 너무 이거 때문에 고민 많으신 분들은 이런 식으로 시간을 단축해보셔도 좋을 거 같아요.

사랑

저는 유년기에 아버지의 부재 속에 자란 케이스였어요. 그것이 커다란 아픔이나 상처를 남기진 않았지만, 그로 인한 연애의 불안정함이 있었어요. 상대가 조금이라도 아이 같은 모습이 보이면 질겁한다든지, 굉장히 어른스럽길 바라곤 했죠. 그런데 제가 자각을 하면서부터 그런 문제가 많이 없어지고 '아, 내가 연애하는 데 있어서 문제가 있는 게 아니라, 내 안에 있는 어떤 문제가 연애를 통해 지속해서 같은 문제로 발현되고 있었구나'라는 걸 알게 됐어요. 그래서 제가 많은 사람들에게 사랑을 하라고 이야기하는 건 달콤하고 좋아서가 아니라, 자기도 모르는 자기의 내면을, 방치되어 있던 모습들을 다 끄집어낼 수 있는 행위가 바로 사랑이기 때문이에요. 어떤 형태로의 사랑이든 마찬가지예요. 로맨스이든 아니든 사랑은 자기 자신을 누구보다 똑바로 마주 볼 수 있게 하는 행동이라고 생각해요.

취향

남자와 여자는 소개팅에서 처음 만났어요. 어색했던 첫 만남을 뒤로하고 영화관에서 두 번째로 만났는데요. 서로 눈치만 보다가 어렵게 영화를 골랐고 직원이 묻습니다. "자리는 어디로 드릴까요?" 그러자 두 사람은 짜기라도 한 듯 동시에 이렇게 말했다고 합니다. "맨 앞자리로 주세요." 그것 때문이었을까요? 그날 이후 두 사람은 커플이 되었습니다. 누군가와 마음이 통하는 순간은 사실 대단치 않은 것들일 때가 많죠. 나만의 독특한 것인 줄 알았는데 나와 취향이 같은 사람을 발견했을 때 우리의 마음은 쉽게 무장해제 되곤 하니까요.

사랑의 과정

사랑을 하고 헤어지고 하는 총체적인 그 연애의 모습이 저는 항상 탱고 같다는 생각을 합니다. 어떤 패턴 속에 있지만 엇박이 있고, 굉장히 기쁜 멜로디 속에 흥이 차오르다가도 극단적으로 슬퍼지고…. 또 유명한 대사도 있잖아요.

"탱고는 실수가 나서 발이 엉키거나 스텝이 꼬이는 것, 그것조차도 탱고다."

그러니까 연애에 실패하신 모든 분들, 그것조차 다음 사랑이 시작되는 하나의 조각이라고 생각을 하시면서 '그래, 어떻게 보면 우리는 모두 이런 탱고 속에 살고 있지 않나' 하고 생각하는 건 어떨까요?

오류의 원인

과거의 무언가를 그냥 오류가 난 채로 지나가버리면 그 오류에 점점 복리가 붙죠? 그래서 엄청나게 커다란 싱크홀 같은 게 생겨버리는 거 같아요. 여러분은 어떤 편이세요? 과거를 덮어버리는 편인가요? 아니면 정면돌파를 하는 편인가요? 사실 과거는 정면돌파를 하고 덮고 하기 이전에 그게 어떤 문제가 어디쯤 있었는지 인지하는 게 제일 중요하겠죠. 그 순간에는 사실 덮어두고 싶어도 덮어지지는 않는 거 같아요. 그런데 정말 힘든 건 내가 과거에 언제 오류를 범했는지 몰라서 스스로를 성찰할 때, 내 문제의 발생 시점이 헷갈린다는 거예요. 저는 지금도 많은 시점을 만나요. '아, 내가 여기가 삐뚤어진 게 이때부터 비롯된 것도 있겠구나' 하는 것도 있고 또 뭐 '아, 그래도 내가 여기 잘난 면이 있는데 그건 여기서부터 파생된 건가? 이런 자격지심은 아마 이런 무렵에 생겨난 거 아닌가?' 하면서 다 연결이 되더라고요. 그러면서 또 뭔가 너무 그 순간 탐망을 다할 순 없지만 그렇게 나를 이해하면 많은 것들에 해결책을 찾아 나가는 데 도움이 되는 거 같아요.

나를 살게 하는 존재

중력이 없으면 사람들은 공중에 붕붕 떠다닐 수밖에 없게 되는 거잖아요. 한마디로 말해서 중력은 우리가 '살 수 있게 한다'라는 거죠. 제가 가끔 꾸는 악몽 중 하나가 저만 중력의 영향을 받지 않아서 끊임없이 하늘로 올라가는 거예요. 너무 무서운 상상이죠. 이과 분들이 들으면 좀 말도 안 되는 생각이겠지만 저는 중력이라는 작용이 반드시 지구가 아니어도 '어떠한 사람이 나의 발을 땅에 붙이고 살게 하는 존재일 수 있겠다'는 생각이 들어요. 달과 지구, 어떤 물체와 물체 사이에서 존재하는 장력이라는 것은 인연과도 관계있는 게 아닐까 하는 그런 생각이 드는 거죠.

연인

완벽한 사람은 없어요. 알고 계시잖아요. 그래서 양쪽이 불완전한 모양
으로 퍼즐 조각처럼 딱 맞춰지는 것이 연인이라고 생각해요.

반복되는 하루

하루의 반복이 지금은 싫을 수 있지만, 사실 하루에 반복되는 것들은 그저 해가 뜨는 위치, 시계 속 숫자뿐이에요. 그것 말고는 매일이 완전 새로운 하루거든요. 새로 주어진 하루가 있다는 거, 새삼 참 감사한 일이 아닐까. 또 새로운 기회처럼 새로운 하루가 끊임없이 주어진다는 것이 그 자체로 기적적인 것 같다. 이런 생각을 하면서 지내고 있습니다. 우리에게 매일매일 새 하루가 지속해서 주어진다고 생각하시면 어떨까요.

포기하는 용기

과감히 다 놓을 수 있는 선택만큼 용기가 필요한 게 없더라고요. 왜, 사실 그거를 밀고 나가는 것보다 다시 곰곰이 생각하고 누구의 조언을 들어서 그걸 과감히 철회하는 게 더 어렵더라고요. '내가 질러놓은 게 있는데' 하면서 그냥 달려가는데 '아, 그래. 나 지금 이 선택 올바른 게 아닐 수도 있어' 하면서 확 접을 수 있는 것 또한 용기거든요.

행 복

저는 항상 행복은 막 까먹는 스낵처럼 굉장히 사소한 것에서 느껴야지만 그것이 진짜 행복이고, 사소한 행복을 느끼는 것은 훈련이 되어야 한다고 생각해요. 그래서 '어? 나 지금 행복한 거 같아!' 하면서 그 행복한 순간을 온몸으로 기억하려고 해요. 나중에 기억이 나고 안 나고는 중요하지 않아요. 그냥 잠깐 지나가다 날씨가 너무 좋은 날, 내가 너무 좋아하는 노래가 우연히 어딘가에서 나오고 있을 때, 그 순간이 엄청난 행복이기도 하잖아요. 그리고 어디선가 커피를 사서 마셨는데, 이름 모를 카페였는데 내 입맛에 딱 맞는 라테를 만났을 때도 '아, 이거 진짜 오늘 지금, 이 순간 잊지 말아야 해!'라며 피부에 저장하듯 그 순간을 저장하는 습관이 있어요.

요즘 행복하지 않다고 느끼는 분들은 당장 그런 사소한 쪽지 같은 행복 있잖아요. 그런 걸 따서 야금야금 먹었으면 좋겠습니다.

음악

음악은 때로는 마법 같아요. 그냥 집 앞에 빵 사러 나갔다가 들어오는 중에 너무 좋아하는 음악이 흐르면 제 앞의 장소가 뮤직비디오가 되어 버리거든요. 별거 없는 내 하루가 그 한 곡으로 인해, 영화처럼 변하는 거예요.

향기

흔히 향기에는 기억이 함께 담긴다고도 하는데 그래서인지 몰라도 아
카시아 향을 맡으면 선선하고 기분 좋은 바람이 부는 5월의 날씨가 떠
올라요. 이렇게 향을 통해 내 안에 감정, 기억이 생생하게 되돌아오는
것을 프루스트 효과라고 한대요. 향기가 기억창고의 문을 여는 열쇠가
되어주는 거죠.

　지금 어떤 향기가 생각나시나요? 좋은 기억들만 켜켜이 쌓인 곳에서
반복적으로 맡은 냄새는 그렇게 좋은 기억으로 남게 되는 거 같아요.

성장

스스로가 아무것도 아니라는 걸 깨닫고 나서 비로소 우리는 무엇이든 될 수 있더라고요. '내가 뭐든 될 것 같고, 만사가 뭐 이렇게 하면 이렇게 되는 거겠지'라고 생각하며 자기 능력치의 벽을 부딪혀보기 전까지는, 미래를 그릴 수가 없어요. 하고 싶은 게 뭔지도 모르고, 내가 어떤 모양새이며 내가 어디가 부족하고 어디가 잘났는지를 볼 수 있는 기능이 작동이 안 되거든요. 그런데 이렇게 한번, '아, 나 아무것도 아니구나' 하고 나서는 그게 보이기 시작합니다. 이것은 좀 반복되어도 건강한 현상이라고 생각해요. 그랬다가 다시 무엇이든 되었다가 다시 또 때로는 아무것도 아닌 사람이 되었다가. 이 반복이 저는 인간이 겪어야 되는 아름다운 순리 중의 하나가 아닐까 생각해요.

잡초

우리는 흔히 작물의 성장에 방해가 되거나 예쁘지 않은 풀을 잡초라고
부릅니다. 그런데 인디언들의 언어에는 잡초라는 말이 없대요. 그들은
모든 식물과 동물에는 각각의 영혼이 있다고 믿었고 모든 것이 존재 이
유가 있다고 생각했답니다. 그래서 작물과 잡초를 특별히 구분할 필요
가 없었던 거죠.

살다 보면 유난히 '내가 잡초 같다'고 느낄 때가 있습니다. 나를 필요
로 하는 사람들은 아무도 없는 거 같고 아무짝에도 쓸모없는 사람이 된
기분⋯. 그럴 때 인디언들의 생각을 떠올려보면 어떨까요? 그들의 기준
에서 본다면 세상에 존재 이유 없이 태어난 생명은 없을 테니까요.

나무늘보의 생존법

세상에서 가장 느린 동물로 알려진 나무늘보는 하루에 18시간 동안 나무 위에서 잠을 잡니다. 움직임도 느리고 근육 양이 탁월하게 적기 때문에 웬만해서는 이동하는 일이 없죠. 이렇게 게으른 나무늘보가 야생에서 살아남은 비결은 뭘까요? 비결은 단순합니다. 일주일에 한 번 배변할 때 빼고는 절대로 나무 아래로 내려오지 않는 것. 즉 누구에게도 관심받지 않는 게 나무늘보의 생존 전략인 셈인 거죠. 옆 사람의 속도에 맞춰 빠르게 살지 않아도 되고 아무것도 하지 않는다고 해서 죄책감을 느낄 필요도 없죠. 혼자 고립되면 고립될수록 그것이 생존 무기가 되는 나무늘보의 세계…. 가끔은 세상에서 가장 느린 나무늘보처럼 느리게, 느리게 살고 싶어집니다.

통증

통증에는 여러 종류가 있습니다. 하지만 종류와 상관없이 대부분 통증은 병원에서 치료를 받으면 상태가 호전되는데요. 꼭 아픔에 아픔을 더해야만 낫는 통증이 있죠. 바로 '근육통'입니다. 통증이 아주 심한 부위를 만지면 너무 아프기도 하지만 묘한 시원함이 느껴지기도 해요. 그렇게 실컷 주무르고 나면 거짓말처럼 고통이 사라집니다.

우리 마음에도 근육이 있죠. 그렇다면 내 마음의 통증도 근육통과 비슷한 게 아닐까요? 무조건 피하기보다는 그 아픔을 즐겨보는 겁니다. 실컷 앓고 나면 조금은 시원해질지도 모르니까요. 여러분들은 근육통 생겼을 때 어떻게 해결하시나요? 저는 운동을 해서 근육통이 생기면 너무 기분이 좋아요. 그래서 그 아픈 부위를 일부러 계속 스트레칭하고 누르면서 통증을 확인하고 내가 어제 운동을 했음에 뿌듯함을 느끼고요. 너무 심할 때 운동을 하면 풀리더라고요. 그런 의미에서도 통증이 통증을 이겨내는 거 같고요. 또 어떤 분들은 마음의 통증도 왔을 때 내심 반가워하는 분이 실제로 있어요. 저도 그런 거 같아요. 제가 어느 순간 봄이 왔을 때 덜 설레게 되어 좀 서운한 마음이 들었는데 가을은 아직 타거든요. 쓸쓸하고 알싸한 기분이 느껴지면 '아, 다행이다. 나 아직 감성이 살아 있구나' 하게 되더라고요.

마음이 복잡해질 때

저는 가끔 마음이 복잡해질 때 호흡을 해보는데, 큰 도움이 될 때가 있더라고요. 그냥 내 호흡에만 집중해도 마음속에 좀 뿌연 것들이 가라앉으면서 '내가 지금 왜 복잡하고 왜 두근거리고 또는 왜 불안, 초조한 것인지' 딱 떠오르는 경험들을 몇 번 했어요. 저도 프로 명상러는 아니지만 너무 힘들 때는 가만히 머릿속에 이미지를 그려요. 바닷속에 해조류 같은 게 뒤엉켰는데 내가 거기 얽매여 있다가 그걸 발로 탁 차면서 수영해나가는 이미지를 떠올리죠. 그러면 실제로 그 심상이 뭔가 내 온몸에 영향을 미치는 듯 그 고민을 뒤로하고 밖으로 나가는 기분을 맛볼 때가 있어요. 생각에 뒤엉켜서 그 안에 갇히는 기분이 들 때, 제가 말씀드린 심상 훈련 한번 해보시길 추천드립니다.

완벽의 비결

세계적인 애니메이션 회사 픽사의 창업자인 에드윈 캣멀. 누군가가 "매번 완벽한 작품을 만들어내는 비결이 뭔가요?"라고 그에게 물었습니다. 그 대답은 의외였어요.

"어떤 작품이든 시작할 땐 다 형편없죠. 매일 하는 회의에서 나오는 아이디어도 사실 대부분은 별로 쓸모가 없습니다. 그렇지만 괜찮아요. 계속해서 아이디어를 내고 수정하면서 더 분명한 형태로 진화하니까요."

실제로 픽사에서는 처음 나온 작품의 초안을 대부분 버린대요. 가장 먼저 떠오른 아이디어들은 누구나 생각할 수 있는 흔한 것들이기 때문이죠. 우리는 그에게 배웁니다. 결국, 완벽한 결과물을 만드는 데 필요한 건 하늘에서 떨어진 능력이 아닌 열정과 끈기라는 걸요.

위로

사람들이 위로를 받는 곡의 스타일이 여러 가지가 있죠. 예를 들어 '넌 잘될 거야', '괜찮아' 혹은 '지금 너는 너무 아름다워', '너는 빛나고 있어' 이런 식의 곡도 있지만 마치 화자 자체가 내 이야기인 것처럼 '지금 굉장히 평정심을 갖고 싶지만 결국 나는 슬픔을 만날 수밖에 없다'처럼, 어떻게 보면 약간 현실적이고 아픈, 비극적인 그런 표현에서 묘하게 위로와 공감을 받게 되더라고요.

　그것이 제가 작사가로서 어느 시점에 깨달았던 부분이었어요. 저도 처음엔 위로를 준다고 함은 자고로 더 나은 것을 이야기해야 한다고 생각했었거든요. 하지만 사람들은 그게 아니라 때로는 가사가 내 이야기로 받아들여질 때, 그래서 힘들어하는 가사 속의 화자가 자신들과 다름없음을 이야기할 때, 거기서 더 위로를 느끼더라고요.

약한 모습

상대방을 간파하는 거 같은 제일 쉬운 말이 뭐냐면 "사실 마음 많이 약하지?"와 같은 말입니다. 이런 말을 하면 대개 어떻게 알았냐며 놀라곤 하죠. 이처럼 누구나 다른 사람들이 알고 있는 것보다 약한 모습을 한 부분씩은 가지고 있다는 말이겠죠. 그러나 다른 사람들이 나에 대해 얼마나 약한지 모르는 한편, 우리는 스스로가 얼마나 강한지 가끔 잊어버리는 거 같아요.

설 렘

처음에 상대를 만났을 때 설렘 때문에 생기는 기분 좋은 긴장감이 있어요. 그 사람 때문에 너무 중요한 걸 포기하기도 하고 후회도 하는 바보같은 일이 일어나는 시즌이 있죠. 그건 물론 축제에서 불꽃 터지는 순간처럼 가장 화려한 때이죠. 그렇지만 사실 계속해서 그런 설렘이 이루어진다는 건 우리 인간의 구조 특성상 불가능한 거거든요. 설렘은 결국 긴장감에서 오는 거고, 긴장감이라는 건 서로 모르는 데에서 서로를 예측할 수 없음에서 오는 불안에 기인하는 거니까요.

거꾸로 말하자면 계속해서 불안한 사이여야지만 설렘이 있는 거거든요. 그게 동전의 양면인 거 같아요. 설렘은 뒤돌아봤을 때 너무 아름답고 순수하고 촉촉한 거 같은데, 막상 진행 중일 때는 좋은 날도 있지만 고통스러운 날들도 많아요. 왜냐하면 모든 게 불확실하고, 저 사람 마음을 모르겠고, 오늘 마음 내일 마음이 다른 것처럼 느껴지니까요. 그러다 보니 그렇게 고통스러울 수 없어요.

　어떤 사람들은 사랑이라는 것을 '설렘에 최선을 다하는 것', 그것에 너무 깃발을 찍어놓고 있는 거 같은데 제 생각엔 그런 것들은 사랑의 일부분인 것 같아요. 사랑은 계속 변해가면서 다양한 단계의 얼굴을 보여주는 거 같더라고요. 설렘이라는 것은 지나고 보면 앞면만 생각나기 때문에 아름다운 거 같지만, 그 뒷면은 수없이 불안한 밤들, 입맛이 떨어졌던 저녁 식사들, 이런 게 분명히 있을 거예요.

불가능을 가능하게 하는 것

올해 12살이 된 전이수 어린이는 8살 겨울방학에 첫 동화책을 그린 꼬마 화가입니다. 전이수 어린이가 10살에 그린 한 그림 속에는 사자와 사슴이 다정하게 뛰어놀고 있는데요. 그림을 그린 이유에 관해 물었더니 이런 대답을 했다고 합니다.

"이건 사랑이라는 제목의 그림이에요. 원래 사자는 사슴을 잡아먹잖아요. 그럼 이 그림은 불가능한 거겠죠? 그런데 사랑은 불가능을 가능하게 하는 거 같아요."

10살 어린이의 눈에 비친 사랑이란 그런 거겠죠. 불가능을 가능하게 하는 것, 사랑이란 이름으로 수없이 계산기를 두드리던 어른들의 모습이 조금은 부끄러워집니다.

걱정

걱정을 선택할 수 있다면 저도 안 하는 게 맞는 거 같아요. 사실 우리가 걱정에 사로잡히는 일들은 대부분 걱정으로 해결될 일이 아니에요. 오히려 그렇게 대단히 명확한 문제의 경우에는 그걸 우리가 몸으로 해결하고 다니느라 가만히 멍하게 걱정 속에 사로잡혀 있을 겨를도 없습니다. 사실 사서 하는 걱정들이 대부분이죠. 저도 알면서도 가끔 멍하니 있다 보면 걷잡을 수 없이 빠져들거든요. 중력이 있는 거 같아요. 걱정에는 그래서 가만히 있으면 100퍼센트 점점 침전할 수밖에 없는데 '아, 이거 아니지. 이거 내 생각이지' 이렇게 헤엄쳐서 나오면 거짓말처럼 아무것도 아닌 일이 되더라고요. 어차피 우리가 생각했던 대로 인생이 흘러가지 않죠. 그렇다면 내 생각만이라도 제어할 수 있어야겠죠? 걱정 하나라도 멈춤 할 수 있는 사람들이 되어야 하지 않을까 싶네요.

실 연

2007년 왕가위 감독의 작품 〈마이 블루베리 나이츠〉에 나오는 장면입니다. 영업이 끝난 어느 카페, 여자는 실연당한 이유를 찾고 있습니다. 남자는 특별한 이유가 없어도 헤어질 수 있다며 그녀를 위로하지만, 여자의 생각은 단호합니다.

"모든 일에는 다 이유가 있어요. 이 파이만 해도 그렇죠. 매일 밤 치즈케이크와 애플파이는 다 팔리고 없지만, 이 블루베리파이는 고스란히 남아 있잖아요." 여자의 말에 남자가 대답합니다. "블루베리파이는 잘못이 없어요. 사람들이 그냥 선택하지 않은 것뿐인데 파이를 탓하면 안되죠. 헤어짐이라는 건 꼭 누구의 잘못 때문에 일어나는 건 아니죠. 그냥 마음이 끝났을 뿐인데."

선택받지 않았다는 사실, 그리고 선택을 받았다가 되돌아간 마음이니까 그게 참 받아들이기가 힘든 일이긴 한데…. 내가 어떤 문제가 있어서는 아니죠. 이건 그저 상대의 마음 온도가 식어가는 속도 같은 게 두 사람이 맞지 않았을 때 벌어지는 일인 거죠.

조심성

제가 50대 이상의 어른들을 보면서 뭔가 근사하다고 느끼는 부분들이 있었는데요. 그게 의외로 좀 수줍어하고 어떤 부분에 있어서 수치심이 여전히 살아 있는 것이더라고요. 그게 생각보다 나이가 들면서 약간 무뎌지는 부분이잖아요. 눈치라는 게 조심성이기도 하니까, 뭔가 남들 시선을 너무 걱정해서도 안 되겠지만, 적당한 조심성은 생명력 있는 어른을 만들어내는 원동력이 될 수 있는 거 같아요.

일 탈

흔히 일탈이라고 하면 사회적 규범에서 벗어난 부정적인 이미지를 떠올리기 쉽죠. 그런데 미국의 한 심리학자는 "소소한 일탈을 해라. 그러면 행복해진다"고 말하며 긍정적인 일탈의 중요성을 강조했는데요. 늘 먹던 음식이 아닌 새로운 음식에 도전하고, 한 번도 들어보지 않았던 음악 장르를 들어보는 그런 소소한 일탈들이 모여 단조로운 일상에 생기를 불어넣는다는 겁니다. 우리도 내일만큼은 심심한 일상에 양념이 되어줄 작은 일탈들을 생각해볼까요? 출근길에는 지금까지 들어보지 못했던 새로운 음악을 듣고 점심에는 한 번도 먹어보지 못한 새로운 메뉴에 도전해보는 거죠.

낭만

저는 낭만이란 단어가 뭔가 질감이 굉장히 예전 것이어서 '아무도 가지 않는 다방' 같은 낡은 단어로 여겨져서 속상했었어요. 근데 낭만은 내 감정에 충실하고 내 행복에 더 충실한 단어예요. '세상이 보기에 어떻고 나의 역할은 이래야 하고' 이런 거로부터 조금 더 자유로워져서 나만의 세상을 그려나가라는 의미더라고요. 문득문득 환기하지 않으면 '이 단어의 원래 뜻이 뭐였지?' 하게 되는 너무나 좋은 단어들이 있어요. 낭만 또한 그런 단어인 거 같습니다.

후회

가장 최근에 한 후회, 어떤 게 있으세요? 작게는 어제 골랐던 저녁 메뉴부터 크게는 나의 인생을 뒤흔드는 일까지 우리는 하루에도 참 많은 선택을 하고, 또 그 선택에는 대부분 후회라는 이름이 뒤따라오죠. 특히 후회는 많은 선택권이 있을수록 더 커집니다. 내가 선택하지 못한 수많은 가능성과 가지 않은 길에 대한 아쉬움이 뒤섞여 자꾸만 내 머릿속을 어지럽히거든요. 하지만요, 한 작가의 말을 빌리자면 인간은 반드시 한 가지를 결정해야 할 때 본능적으로 최선을 다해 선택한다고 합니다. 돌아보면 후회밖에 없는 그 선택도 '그때는 제일 나은 선택이었다'는 거죠. 혹시 후회로 가득한 밤을 보내고 있다면 잠시 멈춰볼까요? 그땐 그게 최선이었을 테니까요.

마음에 깃든 노랫말

수많은 노랫말을 만들어왔지만 실제로 발표된 곡은 일부분에 불과하다.

미발표곡 중에서 개인적으로 마음에 들었던 가사들을 꼽았다.

편

얼마나 많이 몰랐었는지
좀 알 것 같아
또 넘어질 나란 걸
알 것 같아

이제야 겨우 기댈 법을
좀 안 것 같아
어떡해야 힘을 좀 빼는지도

그때 나의 곁에 있어줘
내가 아무것도 아닐 때
아무런 설명 없이도
나의 편이 돼줘

설렘은 내게 불안이라서
늘 겁이 났어
가장 편한 숨으로 사랑할래

그때 나의 곁에 있어줘
내가 가쁜 숨을 내쉴 때
가만히 토닥여주는
나의 편이 돼줘

내가 많이 헤맬 때면
나의 두 손을 꼭 쥐고
니 가슴에 올려주면 돼
다시 리듬을 찾도록

오래 내 사람이 되어줘
기쁠 때 맨 처음이 되어줘
맨 끝에 부를 수 있는
그 이름이 돼줘
전부 등진 것 같은 밤, 내 편이 돼줘

까만 달

눈물이 툭 흐르고
마음이 쿵 울리듯이
한 발, 한 발, 느린 깨달음
내가 무슨 짓 했었던 거야

마음에도 없는 말
홧김에 툭 던져버렸던 순간
깊은 금이 간 너와 나의 우주에
받을 빛이 없는 맴돌 곳 없는
까만 달처럼

혼자서는 너무 어두워
나는 미처 몰랐었어, 저 멀리 맴도는 저 달처럼
난 니가 없이는 하나 빛나지 않는, 사라져가는 별일 뿐인걸

하루가 또 지나면
저 해는 또 떠올라 있는데
나의 시간만 멈춰버렸나 봐
여기 있는데도 아무도 모를 까만 달처럼

닿지 못할 연이었다면
차라리 널 모른 채 행복을 모른 채
그저 살았을 텐데

한낮의 달처럼
나만 빼고 모두 즐거워
혼자 너무 서러워도 아무도 모르는 저 달처럼
난 니가 없이는 하나 빛나지 않아, 사라져가는 별일 뿐이야

참

참 별일 다 있단 생각을 하지
살아가는 일이란 참 모를 일이야
영원할 것만 같았던 아픔이 추억이 되고
미워한 사람이 친구가 되고

궁금할 것도 없었던
널 사랑하기도 하고
흘려듣던 옛 노래가 마음에 들어오고
어쩌면 나는 아직도
Um~
변하고 있어

세상은 참 이렇게 모를 일이야
그게 참 고마운 거야
하루하루 새로운 게

알듯 말듯 하기에
여전히 난 가끔은 설레이니까

난 요즘에 이런 색깔이 좋아
어울린단 소리에 웃음이 나더라
유난히 까다로웠던 부분은 유연해지고
피했던 일들을 해내기도 해

날 제일 몰랐었던 나
나에게 소홀했던 나
보지 못한 표정으로 나에게 인사하는
거울 속에 내 얼굴이
Um~
나쁘지 않아

외국어

외국어를 못해요
한국말도 이렇게 어려운데
나는 아직 완벽한 말을 할 줄 몰라요

어제도 내 멋대로 해석한 그대의 말로
온종일을 들떠 있었죠
이렇게 뒤늦게 깨닫는 밤은 유독 길어요

외국어만 같아요
나를 둘러싼 사람들 모두
내게 알 수 없는 말을 자꾸 건네요

어쩌면 말이란 건 각자가 그리는 그림
우린 영원히 서로를 이해할 수 없어

헤아리고 또 헤아리면
그걸 사랑이라 부르죠

한번은 가장 정확한 말을 찾다
뾰족한 가시를 줬어요
이렇게 바보처럼 나빴던 밤엔 끙끙 앓아요

좋아 보여

좋아 보여, 요즘의 너, 그리고 곁의 그 사람
예쁘게 어울려
나 인사하지 않은 건 널 위해 잘한 거 맞지, 맞아

궁금했어, 나 없는 너, 혹시 나랑 같진 않은지
그래 나 웃기지
언젠가 너는 말했지, 세상의 모든 건 결국
지나간다고

또 다른 사랑이 오면
넌 날 잊어가도 나는 너를 잊음 안 된다고
그 슬픈 농담 속에 난 갇혔어

또 다른 사랑 같은 건
생각하기 싫다던 그때의 너를 난 잊지 못했어

처음처럼 죽을 만큼 힘들거나 슬프진 않아
내게 넌 습관이 됐나 봐
가슴에 가끔 턱-하니 너와의 기억이 얹혀
무거울 뿐이야

실존
(너, 지금, 여기)

여기에 이곳에
이 순간 이렇게
내가 숨을 쉬고 있어
난 어제의 그 곳에
또 그 순간 그렇겐
그래서 나는 없는걸

어떻게 널 사랑하게 됐는지
이 마음이 어떤 길로 갈 건지
나는 지금 말할 수가 없지만
지금 선명한 건

Love, 불분명한 모든 틈에
혼자 분명한 것
Love, 모든 게 엉킨 내 안에

너의 모습이야

우리의 내일을 말하지 마
지금을 부디 흘리지 마
Why don't we simply kiss
다신 못할 것처럼
Love, 너를 지금 이 순간에

이 안에 이곳에
나라는 세상에
네가 숨을 쉬고 있어
니 안에 그 곳에
너라는 세상에
내가 숨을 쉬고 있기를

어쩌다가 여기까지 온 건지
이 끝에서 우린 웃게 될 건지
모든 것은 연기처럼 희미하지만
선명한 건

비라도 내리면

비라도 내리면, 차라리 나을 것 같은데
눈부신 햇살만
니 손을 잡으면, 니 이름 부르면
그 마음 조금은 늦출 수 있겠니

하루 만에 뭘 할 수 있을까
너는 내일 나를 떠날 것만 같은데
내 머리야 뭐라도 떠올려
하얀 거짓말이라도 괜찮아

오늘 밤에 니 꿈에 들어가
나랑 좋았던 날을 보여주면
눈뜨면 니 맘이 바뀔지도 몰라
알아 바보 같은 상상이란 걸

잠들기 싫어 난, 내일이 나에겐
내 생애 젤 슬픈 하루가 될 걸 알기에

비라도 내리면 눈물을 감추면
차라리 나을 것 같은데, 눈부신 햇살만
니 손을 잡으면 니 이름 부르면
그 마음 조금은 늦출 수 있겠니

좋은 사랑했으니 괜찮아, 니가 나의 처음이었으니 괜찮아
일초마다 내가 날 달래도
다시 어떻게든 해보고 싶어
잊지 못할 사람이 된다면, 다시 내가 그리울지도 몰라
안녕은 영원한 안녕이 아니야
알아 혼자만의 생각이란 걸
예쁘게 웃을까, 차갑게 뒤돌까
마지막 내 모습 어떻게 남겨줘야 해

저기 반가운 니가 보이네
조금만 더 천천히 걸어주겠니
아니, 왜 벌써 눈물이 날까
왜 넌 벌써 미안해 보일까

슬픈 영화

너무 슬픈 영화를 봤어
우리의 마지막이 이렇지 않기를
난 온통 그 생각뿐이었지

아주 멋진 그림을 봤어
네가 내게 마치 이런 느낌을 준다고
부족한 표현을 대신 전했지

좋을 때, 슬플 때, 힘들 때
결국에 마음이 닿는 곳은 결국 너
이럴 땐 어쩔 땐 생각해
널 떠올리려 눈 뜨는 것 같다고

풀지 못한 문제가 있어
너라면 어떤 길로 답을 찾아갔을까

그러면 답이 좀 보이곤 해

거울 속에 비친 날 봤어
제법 맘에 들어 근사한 건 기분 탓인지
너의 자존심이 되고 싶어

풀빛 하루

또 익숙했던 한 계절을 지나
조금 낯선 바람이 불고
이름 모를 꽃이 뿌리 내리고

난 온 맘으로 손을 흔들어
수줍은 잎에 인사를 하고
편해지길 바라요 오래 머물러줘요
내 마음과 땅에서

비가 와도 이젠 놀라지 않아요
내일 한 뼘 자라나, 닿지 않던 햇살을 난 두 팔로 안을 테니
내게 제일 어울리는 표정을 이제 지을 수 있어
고요한 미소가 나의 얼굴인걸
어지럽도록 향기로운 밤
눈을 감아도 봄인 걸 알아

보이지 않는 것을 사랑하는 법을
조금씩 배우며

내게 오는 모든 아침의 이유들이 보여
난 외롭지 않아

긴 밤엔 별을 셀 수 있어서 깊은 꿈을 꾸어서
더 먼 곳을 볼 수 있는 나를 또 만나게 돼
내게 제일 어울리는 리듬을 가슴속에 품으면
그게 내 숨인 걸 이제 알 것 같아

상실의 단계

기억해, 그날의 아픔을
기억해, 그 모든 추억들

믿지 못한 날도 수없이 지새워도 봤고
화가 나는 날도 한참을 견뎌도 봤고
덤덤해진 날도 며칠을 못 가고
마지못해 받아들여

나는 너를 잊지 못해
이 그리움과 살아야 한단걸
나는 널 지우지 못해
이 상실을 난 받아들인다

더이상 잊고 싶단 말도,
견디겠단 말도

의미 없는 말 하지는 않을래
니가 없이 산다는 게 쉬울 리는 없었잖니
아름다웠던 추억들의 대가로

슬픔이라는 건
내 맘대로 버릴 수가 없다는 걸 배운 거야
니가 없는 이곳에서

나를 닮은 노래

사람들은 웃지
내 눈물을 보면
지금이 바로 울어야 할 때인 거라고 말하고
어른이 되는 거라고

나의 질문이란 것이 너무도 흔해
돌아오는 답을 난 이미 다 알아서 꾹 삼켜
그래 뭐, 다 그렇고 그런 거지

Oh, every now and then
I see myself shifting into somewhere nowhere
나는 가만히 눈 뜨고 그런 나를 보려 해

이건 내가 버틸 노래
길을 잃을 때 찾아올 멜로디

두려운 날의 나를 꼭 닮아서
부디 나를 찾길 바래

어느 날의 늦은 밤에
혹시 내가 잡을 곳이 없이 비틀거릴 때 날 위해

멀어지고 나면 아름다울 날들
결국 모든 건 시간이 예쁜 덧칠을 하길 기다리네
넌 니가 진짜로 원한 게 뭐라고 생각해?
또 그게 옳다고 생각해?
Don't let it go, don't let it go

그럴듯한 옷을 입고서 아무렇지 않은 척
익숙해지려 할 그럴 때 다시 날 깨우려 해

아주 키가 작았던 나
올려봤던 하늘에 그 달빛을 기억해
다시 머릿속에 그린다 그리고 난 꿈꾼다
나를 잃지 않도록, oh

남달라

오늘도 부딪혀
난 툭 털고 지나쳐
난 좀처럼 안 미쳐
난 끓는점이 달러

똑같은 정답을 써달라면
그냥 빈 종이를 던져줄래
내가 틀린 답이라면
내 이름에 빨갛게 줄을 그어도 돼

이 세상에 난 하나뿐이길래
내가 그린 선을 따라가
네모난 종이엔 어울리지 않아 I draw my way
그래 난 어쩌면 조금 달라
멀리서 봐도 좀 남달라

나를 구겨 넣으려 하지 마
숨을 막으려 하지 마

그래 난 틀리진 않아 좀 달라
잘 봐, 우린 전부 남달라
같이 걸으면서도 다 다른 세상 속에서
봐봐, 다 달라

이 세상에 날 보내주었길래
나는 나를 믿고 살아가
기나긴 줄 뒤에 기다리지 않아 I got my way

들풀의 노래

꽃이 피면 그땐 니가 날 알아보겠지
내 마른 잎에 찬 비가 오면 난 달라지겠지
늘 날 비껴가던 봄이 내게도 온다면

단 한 줌의 흙으로
한 줄기 빛으로
드센 바람결에도
끝내 버틴 뿌리로
흐드러진 꽃을 피워
누가 기억해줄 한 송이로

내 이름 곁에 누군가 의미를 남겨준다면
지친 적 없이 꿈을 꿨다는 말로 날 불러주기를
누군가를 기다리며

걸음을 멈춰 누군가 나를 바라본다면
그 순간은 찰나라 해도 슬픔이 없기를
나의 기나긴 기다림의 이유였다고 믿을 수 있게

화해

나는 그대에게서 내가 미워하는 나를 보아서
괜히 난 다른 사람인 척하고 싶었어
내가 손을 잡으면 피할 곳이 없을 것 같아서
뿌리쳤던 손끝은 나보다 따뜻했어

처음부터 사랑한 건 그 마음이 너무 깊어
살다 보면 그랬단 걸 잊기도 하지
이제서야 나보다 더 작아진 그대를 보며
이해하려 노력하는 내가 비겁해

그댄 나의 커다란 뿌리였고
항상 나를 품은 그늘이었고
마주 보지 못한 태양이었고
나보다 더 나의 이름이었어

멀리서 비로소

조바심이 나서 발을 굴렀지
코앞에 머리를 묻고 어쩔 줄을 몰랐어
매일이 버거운 건 당연했어
내 청춘에게 난 가장 못됐던 사람

나만큼의 사람을 만났어
좋은 사람, 나쁜 사람 모두 어느 순간의 나였어
울고 웃었던 건 당연했어
나는 나를 제일 몰랐던 사람

멀리서 비로소 보이는 이제야 당연한 것들
소중한 건 늘 가까이에
그리고 조금은 하찮은 것들
그렇게 선명해진 너

　예민하게 수집한 단어로 감정에 이름표를 붙여주는 사람, 그 단어들로 연결된 문장으로 감각을 노래하는 사람. 김이나의 글에서는 풍경이, 속삭임이, 향기가, 쓸쓸함이, 따뜻함이 느껴진다. 4분 남짓의 가사가 아닌 한 권의 책으로 그녀를 만날 수 있다니 두근댄다. 아니지, 설렌다. 들뜬다. 떨린다.

_유희열(작곡가)

　언어가 필요 없는 섬에 표류될 때가 있다. 그때 김이나를 만났고, 음악을 빌미로 가사를 통해 겨우 이야기를 시작했다. 그녀는 그 섬의 내 모습도, 섬에서 보이는 아득한 세상도 전부 아름답다는 걸 가르쳐주었다. 이제는 내가 꿈만 꾸던 것보다 더 넓고 멋진 세상을 볼 수 있게 해준 그녀의 언어가 당신에게 닿길 바라며.

_박효신(가수)

노랫말은 시와 달라서 너무 생경한 단어를 쓰기도 어렵고 지나치게 난해한 표현을 써서도 안 된다. 들을 때 귀에 쉽게 감겨 와야 하니 누구나 쓸 법한 일상어가 주재료다. 작사가의 개성과 철학을 화려하게 드러낸 가사는 오히려 어색하고 쉽게 질리니 참 묘한 장르다. 그럼에도 어떤 노랫말은 설명하기 힘든 힘을 갖고 있어 어느 날 우연히 듣다가 눈물을 쏟게 하고, 오랜 세월이 지나서야 비로소 마음에 들어오기도 한다. 그런 힘은 어디서 비롯될까? 이 책을 읽으며 나는 비로소 보통의 언어들이 지닌 힘을 깨닫는다. 관계의 어긋난 '시차'를, '이해가 안 간다'는 말이 품은 공격성을, '찬란하다'의 미묘한 음절을, '분노'와 '용기'가 지닌 비슷한 방향성과 차이를 짚어내는 이 시선은 지적이면서도 다정하다. 김이나 씨가 만드는 노랫말이 그토록 많은 사람의 마음을 정확하게 어루만지는 이유를 조금 알 것도 같다. 말을 쓰고 다루는 방식은 결국 삶을 사는 방식과도 닿아 있어, 나는 책을 덮으며 이 섬세하고 솔직한 사람이 진심으로 좋아졌다.

_김하나 (에세이스트)

보통의 언어들

초판 1쇄 발행 2020년 5월 27일
개정판 1쇄 발행 2023년 9월 20일 **개정판 4쇄 발행** 2024년 1월 22일

지은이 김이나
펴낸이 이승현

출판1 본부장 한수미
라이프 팀
편집 김소현
디자인 김준영
일러스트 함주해

펴낸곳 ㈜위즈덤하우스 **출판등록** 2000년 5월 23일 제13-1071호
주소 서울특별시 마포구 양화로 19 합정오피스빌딩 17층
전화 02) 2179-5600 **홈페이지** www.wisdomhouse.co.kr

ⓒ김이나, 2023

ISBN 979-11-6812-761-6 03810